U0101787

洪範文學叢書 195

現代中國詩選

楊牧
鄭樹森 編

洪範書店印行

凡例

一、本書選錄一九一七至一九八七年間以白話的、新的、現代的面貌發表之中文詩作，前後涵蓋七十年；詩人行年少長相距八十二歲，則以一九六五年出生者為下限。

二、詩人排列次序，以出生年為先後；其出生年相同者，依姓氏筆劃序。

三、本書詩作以就詩人專集初版本選錄為原則；其未見初版者，參酌使用後來版本，必要時也從報章、期刊、選本、總集錄之。

四、原作詩末所附寫作日期或地點，除確實與作品指涉相關者，一概略去；其所附詩人自注說明，亦盡可能略去。

五、原作經發表後，若因詩人潤飾更動致產生文字參差之現象，經校讎比勘後，選錄編者判斷為優勝版本者入書。

六、本書附錄「詩集選目」，臚列詩人所著專集，並載明初版年份；同名詩集有因增刪致內容顯著不同者，擇要載不同版本年份。詩人合集取其意義特殊者納入；詩集為身後經他人編輯出版者，參酌收錄。報章、期刊、選本、總集、油印（影印）本、手抄本不另列細目。

七、本書之編選，首重藝術價值，兼顧詩人及其作品累積之歷史意義。

導言

楊牧
鄭樹森

一

五四前後，對文學有所執着與信仰的青年知識份子，終於公開要求「改良」，主張徹底檢討傳統文學的體貌，內容，和格調；而這其中他們表現的最大關注，或者說懷疑，則對象顯著突出的就是詩。中國的青年知識份子以詩爲反省查驗的中心，擴大思索一般文學層面，這在那政治社會丕變的關頭，自然是可以理解的。詩之爲物千載以下左右了中國文化精英階層的倫理訴求和審美傾向，其他文類無論大小深淺，幾乎都是由他們的詩心分裂出去的，或至少都和他們的詩心環節鈎絡；詩的繁榮或枯萎是每一個特定社會裏，文化氣候升沉的指數，殆無可疑。

中國傳統詩文學發展到清朝的同光時期，眞正有了世紀末的氣息，裝腔作勢者有之，酸腐暗晦者有之，慘綠惡紫，不一而足；要之，詩人的心思可能敏捷，時勢所趨，病在苟且，一般都缺少振作翻新的勇氣。他們承襲了三千年豐富的文學遺產，而倫理條件是固定的，審美標準是僵化的。所謂詩教，立足於一定的內容指涉和形式圓轉上；這其中歷代遷就，容或有色調和音量的波動，詩的宗旨和樣子乃是不可挑戰的。智者千慮，至多僅能首肯「四言變五言，五言變七言，詩變詞曲」之類的理論；他們堅持一定的共同型態必須有，音聲韻律的規則不可廢，而詩的氣氛和目的更多拘泥，所以辭書和自然界裏自有不可以入詩的名目，人情社會也有悖離詩意的因素——所謂「詩意」，早已成爲一些人死滅虛僞的癖性，風化稀薄，以訛傳訛。在那變動鉅大的時代，偶爾我們看到一兩個詩人在作品裏偷偷擺進一點新的事務，出之以因襲聲韻的語言字彙，在令人窒息的起承轉合裏動彈不得，徒增疏離與錯愕。總之，我們知道，詩的策略不變，詩的精神終將不起。

詩的策略即詩的語言表達和形式技巧。五四前後的青年知識份子要求變更詩的策略，以便有效地含涵並推動一全新的詩的內容。以白話的，自由的外型培養直接或間接和時代有關的主題，加以擴充，更通過藝術的琢磨，提升，使臻於普遍和恆久。七十年來，中國新詩的生命是活潑躍動的。縱使這其間它曾不免於政治和其他勢力的打擊與摧殘，在新語言新形式的面目下，它不斷探索着新的哲學境界，新的藝術領域。新詩一舉拋棄了往昔舊文學的意態和腔調，拋棄了約定俗成的美和不美，轉而在層出不窮的形式裏自發生長，擴張，開闢迥異往昔的理念，試探知性，撩撥感性。任何注意這一段文學史的人，應當不會不發現，五四以來的詩自有一種注定將持久演化的動感，挾其白話的活力，創造的英氣，通過時間和空間的錘鍊，這詩早已發展出它不可忽視不可詆侮的現代質地（modernity），是三千年中國文學傳統裏一無先例的突破。

我們看到這樣一種現代質地支配了二十世紀的中國詩，而詩正爲新文學擔負一重要先行的任務。

二

早期新詩人拒絕了傳統形式，奮起嘗試新方法以表達他們的思想和感覺，這在今天看來，毋寧是一種極大的勇氣；事實上他們若想要以舊體作詩，一定是得心應手，毫無困難的，但我們的前輩選擇了形式的創新，以之證明他們對整個時代文化的使命感。我們對早期新詩人的理想抱負和實踐，絕對肯定。

傳統形式已經放棄，則新形式的追求遽然成爲二十年代以下大半詩人深感迫切的問題。舊有的典範（paradigm）崩潰以後，我們是否應該建立一新的典範以統攝一切詩創作的外貌，以利詩人遵循？或許我們宜聽任各種不同形式自由滋長，不再加以約束？那個時代最引人注目的文學現象之一，卽外國詩型的引進實驗。在那個變動危機的時代，知識份子因體會國族命運面臨刼難，遂對傳統文化敎養產生懷疑，或主動摧促它崩潰，轉而瞻顧西方，引進技術——這在那時代是一普遍現象，初不僅文學如此而已。於是，本來散漫自由的白話詩，無韻，音步不拘，行數參差，在二十年代中葉的「晨報詩鐫」上，因爲留學歸來的青年詩人努力提倡，顯明以某種格律的姿勢出現：西洋傳統舊詩的格律，一時變成了中國現代新詩的典範。

從二十年代中葉開始，許多卓犖崢嶸的詩人在實驗着西洋格律，歐洲浪漫主義以下各種風起雲湧的形式，都能在中國新詩發展史上尋到反射的痕迹，再加上一些文藝復與前後的古典模範，例如商籟十四行體，都變成青年知識份子汲汲探索學習的對象。以商籟爲例，這種形成本身很嚴謹，支派亦繁，但新詩人步趨仿摹者反而樂之不疲。我們今天回顧歷史，掀開詩選，可以輕易發現到數十年來詩人在這方面累積的成績，正好印證了他們努力追求的方向和手段，在某方面說來，也和他們同時代其他學科行業裏的有心人一樣，是相當而平行的。

當然，新詩之所以新，所以爲現代人生的產物，不僅因爲外在策略（語言和形式）改了，更因爲它的內在涵容也變了。一貫的懷人，行旅，酬問，傷逝等等固然不能盡免，這個時期的詩在內容的選擇和處理方面是擴大了，有時也顯得更深入了。五四以後三十年的創作，除了有些人繼承了傳統題材，並以迥異往昔的形式和技巧加以表現之外，明顯地更湧動着詩人強烈的時代感，對國族命運的思考，反省，往往出之以浪漫主義的壯懷狂飈，以文字驅遣關心的血淚，顧緬動盪河山，並且遠矚未來，而在他們那動人的聲調和意象裏，又充滿了浪漫主義者獨特的悲劇感；這一類作品有時又直接來自詩人對社會的觀察和想像，發爲文學的寫實傾向，帶着知識份子不敢或忘的人生憐憫，以有力的筆墨抒寫他們體會到的，這現實社會的冷漠和荒涼，這現實社會的不平；詩人們參與介入，帶着宿命的心情，些許憤怒，迷惑，聆聽大城和小村莊裏悄然起落的聲息，於是早期詩人作品裏時常反覆出現的，夜晚是打更者的梆聲，白天就是踽踽來了又遠去的算命鑼：「噹，噹……」

在那個時代，大半詩人和別的文學創作者一樣，覺得必須創造「有用」的作品，必須以筆投入政治社會的鬥爭。立足於這一層志向，詩人有時會被藝術以外的種種因素所牽制，甚至被支配了。我們看到那三十年間，新詩紛紜表達了左傾的革命激情，以及抗戰的民族大義。這些關切本來無可指摘，原是時代眞實的一部份，然而許多人碰到這些題目，不論語言聲調和意象比喻都呈連累脫節的現象，每每將文學附屬於政治，沖淡了詩的藝術本質。以這種手法創作出來的詩容或奏效於一時，是有用的，卻不旋踵之間被時勢所棄，如委落風雨下的標語口號。要之，一個對時代有感受的知識份子一旦想以詩的創作投入現實政治鬥爭，則他寫出來的東西很難避免說教和感傷之弊。這些毛病糾纏相生，爲信仰，觀念，教條大聲詮釋，爲特定的政治目標服務；我們稱這種煩瑣脆弱的現象爲「泛政治的感傷」。

泛政治的感傷爲三十年代新詩定了音，持續渡入四十年代，在烽火連綿哀鴻遍地的中國，詩正密切注意着戰況，隨時投入大江南北，爲藝術以外一切喧鬧的對象服務。除了極少數例外，詩人們鍛鍊了一種共通的腔調，高亢激昂而憂傷，繞着大致雷同的題目，以斷無新意的意象和比喻堆砌他們的段落，試圖引起聽眾或讀者的共鳴。新詩發展前三十年間假如有任何停滯的現象，原因無他，其實只是迷於政治崇於政治亂於政治而已。

然而新詩到了四十年代，終於見證了一文學的新意識在顫巍巍勉強地生長起來，這新意識卽我們所謂的現代主義。現代主義進入中國文學界，同樣的，無非留學歐美的青年知識份子所奉獻引介，慢慢在大學校園和都市沙龍裏傳播開來。這個在歐戰以後才逐漸蔚爲風氣的文藝觀，二十年代已經偶然被歸國留學生談論着，推爲西方文化的新知，而雖然時人對它的認識並不深入，三十年代初至中葉已有名爲「現代」的雜誌出版，刊載新的譯介和創作，此允爲中國文學標榜現代之始。緊接着以現代主義的理想相砥礪的雜誌則有一九三六年發刊的「新詩」，曇花一現，但編委羣中包括了那時代最突出的前衞詩人。四十年代戰火熊熊的末期，我們又看到一些明顯以西方現代主義爲創作依歸的刊物出現，如「詩創造」和「中國新詩」等，他們實驗新技巧，拓展新感性，要爲那一度不幸淪爲政治附庸的詩文學描繪新面貌，確立獨特煥發的定義，以追尋二十世紀人類社會的眞相，一方面要回應西方詩藝的呼喚，一方面要承襲古典文心的附託。然而這短暫的實驗，終於先因爲內戰烽火而隱晦不彰，隨卽更因爲殊異的政權遞嬗和繼起的督導，脅迫，恐嚇，殘殺，現代主義的文學和藝術肯定不能生長，遂一舉消逝於無形。

三

詩的現代主義在戰後的臺灣，和一些海外華人社會，尋到了再生茁壯的世界。以臺灣爲心臟和測候臺，現代詩不但在過去四十年內經過討論而定了名，更進一步泛指着從前我們所謂的白話詩，自由詩，和新詩。當然，認眞的學者始終耿耿於懷：假如一首詩欠缺了內在的現代質地，知能，和感性，我們輕易還是不可以「現代」來稱呼它的。

早在日本統治臺灣的時期，一些熱衷文學和藝術的臺灣知識份子已通過日文資料，或多或少接受了歐美前衞理論和創作的影響，於是他們的作品也呈現了某種程度的現代風貌，這尤其見於他們的日文創作，斷然與傳統漢詩分離，甚至和他們同時代中國大陸上的詩歌迥異其趣，只約摸類似當時羈留淪陷區和海外中國詩人的風格，探其究竟，無非因爲這些詩人能免於「泛政治的感傷」，勇於追求前衞的藝術。臺灣本土的現代主義先驅者聲音本來不大，然而當他們一旦爲時代因緣而凝聚，當他們和因政治理由而來臺的大陸詩人結合在一起的時候，終於爲五十年代的臺灣文學界揭開一壯麗的新幕。

新詩之必須追求現代精神，在內容和形式兩方面超越普通口語的散漫，和平凡，新詩之必須處理二十世紀人類特殊的知識和感應，正面逼視工業社會的夢魘，以絕對尖銳的觸覺試探人生的光明，黑暗，欣喜，恐怖——這些觀念在五十年代的臺灣流行一時，聽起來彷彿歐洲經驗的反響，知性和感性大荒原裏令人戰慄的警語，一再促使詩人放棄舊日纏綿的情愫，放棄故紙堆裏的法則，放棄浪漫主義的狂熱和沉迷，轉而參與全人類的焦慮摸索，要為當代中國詩重新下定義。

現代詩在五十年代確實是臺灣文化界勇健的先驅。詩刊有逕以「現代詩」為名者，其他雜誌動輒冠以「現代」字樣的，再也不稀奇了。詩的突破力最強，摧毀舊形象，搗爛老觀念，並繼之以駭人聽聞的主張，例如一九五六年二月一日「現代派」在臺北成立的時候，他們六信條中最具震撼力的一條是：「我們認為新詩乃是橫的移植，而非縱的繼承，」令整個文化學術界側目。現代詩的墾拓性格直接影響了其他文學和藝術門類，包括小說，音樂，繪畫等，這在當時或許並非詩人自己所了然，但四十年後我們以史的眼光檢驗，終不得不承認詩的感染力特強。

現代化是普遍的要求，在五十和六十年代的臺灣，許多同仁刊物出版了，新人輩出如風起雲湧。幾乎所有執筆的詩人都在四十歲以下，充滿信心，充滿理想，充滿好奇。詩刊之間經常交換意見，但眞正的論戰還是詩人爲維護他們新風格的尊嚴，正面和一些學院教授，方塊作家，以及某種御用文人間的辯駁。在時斷時續的論戰過程裏，舉凡詩的功用，詩的晦澀與明朗，詩的音韻要求等問題都被突出探討，雖然那時出面攻擊現代詩的人從來沒有認同過詩人的主張，時勢證明他們想要求詩爲政治服務，想要求詩的絕對明朗以便檢查思想傾向，想要制定新韻譜以規範現代詩的節奏和旋律，凡此種種外界的干預證明都如石沉大海。五十和六十年代臺灣現代詩中可以保存的，沒有一首顯示出詩人服從過外力的指導。七十年代以後，臺灣在政治和經濟結構方面快速變化，間接影響了文化界的氣候。我們必須指出，就在文學和藝術的現代風潮最昂揚的時候，有人開始懷疑包括現代詩在內的文學和藝術創作對整個社會趨向有沒有貢獻。同時就在七十年代中，以小說界爲主的鄉土文學運動興起，導致大規模的論戰，而詩人面對現實，積極修正其訴求和格調的也大有人在，各自以不同的步調走向更錯綜更複雜的八十年代。

臺灣現代詩在八十年代以前的發展大略如此，然則一九四九年後到八十年代以前中國大陸的詩又如何？

一九四九年後，在一段漫漫冗長的歲月裏，中國大陸上沒有我們一般認識的詩。分行排列的口號和標語充斥官方發行的刊物，突變，整合，以詩的姿態出現；這種作品和一些急就創作的所謂「民歌」一樣，以政治目的爲依歸，流行一時，而且所向披靡。現在回想這半世紀以來，大陸文壇動輒批判所謂的「形式主義」，我們認爲一九四九年後三十年間大陸的詩文學正是一種形式主義下灰暗無光的產物，被作爲宣揚意識，「圖解政治」的工具。嚴格說來，這浮腫痴大的文化現象，顯然因整個社會極度體制化所以致之，同時也因爲早期「左聯」時代左翼文化人物竭力貶抑詩的藝術追求和審美價值，而斷然以社會改革爲詩的單一目標，餘孽流弊，一舉抬頭，乃得以和一九四九年後的政治任務順利掛鈎。一九八五年北京出版「中國新詩萃」，執筆寫序言的一位學者談到這個問題時，曾經說道：「進入人民共和國階段，傳統的價值觀進行了革命性的更新；詩歌要對革命的宣傳有用則一度取代了詩歌的全部意義。」他又檢討：「我們的最大成功是找到了新時代統一的詩歌原則和個性。但我們最不成功之處可能也在這裏。以基本一致的藝術風尚構成的共性的藝術，在很長時間內被說明爲無產階級的藝術對於資產階級或小資產階級藝術的戰勝。人們愈是堅信他們的追求的合理性，藝術爲此付出的代價愈是沉重。」旨哉斯言，論詩歌而有「新時代統一的詩歌原則和個性」，那整個過程回想起來必定是恐怖的，何只「不成功」而已！

四

論者嘗謂現代詩在臺灣數度絕處逢生，這雖然稍帶誇張，但我們回顧它近半世紀迂迴突破以求長遠的軌迹，不能不承認其生命力是強韌的。自從鄉土文學論戰以後，臺灣文化界的取捨認同，大致已經公開而彰顯，這其中又經過近年社會上對於思想「多元化」的認定，文學作者各有他們自己的歸屬，以良知和眞情支持個人藝術追求的勇氣。雖然尖銳前衞的現代風格稍呈式微，但受過現代主義洗禮的臺灣詩人再無回頭遷就庸俗的餘地。今天的詩人有朗朗以關切鄉土爲主題創作者；有龐然推進，直指科技世界，以及都市生活者；也有熱心轉化古典技巧，以傳統和現代精神相結合者。無論詩人的選擇何在，他們對藝術的執着都一樣是不可置疑的。

在這一長時期間，和臺灣現代詩人砥礪同行的，還有香港和一些海外以中文爲表達工具的作者，這其中尤以香港詩人爲最重要。香港在歷史，地理，和文化方面獨具特色；有人以爲香港缺乏嚴肅的文學實肇因於它的重商主義，有人則訴之以宿命論點，認爲在香港那種環境下，人們難免缺乏瞻矚遠景的動力。但是從五十年代後期開始，香港青年赴臺灣接受大學教育者漸多，有人已在臺灣詩壇表達了清晰的聲音。他們參與了臺灣的現代詩運動，深刻介入文壇，復能扮演橋樑臺港兩地文藝思潮的角色，大大有助於家鄉現代文學的成長。三十年來，香港一地出現的純文學雜誌爲數可觀，並有各種同仁詩刊；這些出版品雖然大半曇花一現，但也提供不少園地，爲海外華人社會的文學增加色彩和音響。一九七九年後，香港詩人旅行神州大陸者日衆，面對山川風土，古蹟城堡，香港詩人形諸文字時，在民族文化的孺慕中還有一份矜持和陌生，卻因爲社會制度迥異，又不免也流露出一點認知上的距離，這是現代詩數十年來一頗不尋常的觸及面，將爲我們在史識方面留下重要的見證。

中國大陸的詩歌於文化大革命之後終於實現了它的自贖，時間約略始於一九七八年底到七九年初，即所謂「北京之春」時期，也正是臺灣鄉土文學論戰之後，香港詩人開始旅行大江南北的時期。這詩的自贖是文學返回人性的生機，始見於非官方刊物「今天」上一羣知識靑年的新作，即十年來方興未艾的所謂「朦朧詩」。按朦朧詩人強調個人探索和藝術作品的審美價值，所以一度被譴責爲脫離現實，但他們身上其實都是帶着時代的烙印的。批判他們的聲音不但來自詩壇當權左派，也來自那時剛獲平反的右派詩人，都以朦朧詩「表現自我」爲非。然而時勢所趨，在經過若干年的折衝游移之後，今天它儼然已經變成大陸詩的新主流了。既爲主流，不免引起更年輕一輩詩人加以超越的野心。一九八四年後大陸實驗詩派如雨後春筍，雖然其中不乏以晦澀爲務的作品，這些詩派大致都傾向現代主義詩風，粲然可喜。一九八六年開始又有另外一種對朦朧詩表示反抗的聲音，主張以口語化的文字處理現實社會的「希望與憂慮」，這些青年詩人稱前此以技巧現代著稱的朦朧詩爲文革後詩歌的「第一次浪潮」，乃自許他們代表的是「第二次浪潮」。

任何對臺灣四十年現代詩史熟悉的人，都會感受到大陸上這十年間的發展，彷彿是臺灣經驗的急就縮影。早年在臺灣，就像後來在大陸一樣，晦澀與朧朦何嘗不是詩人與政治若卽若離的抗爭？所謂虛無，六十年代是臺灣現代詩時常遭遇到的批評，正也是第二次浪潮對第一次浪潮的指責（其實七十年代早期臺灣已有一以「後浪」爲名的詩刊問世），關於口語化以及一般詩語言的問題，我們耳熟能詳，其他例如大衆與個人的關係，比喻和現實的平衡，古典遺產與外來因素的分配等等，大陸詩壇的有心人再一次提起了長年敎臺灣詩人關注的問題。題材的取捨是羣體社會對個人潛意識的支配（collective unconscious），則當一九八六年美國「挑戰者」太空船爆炸航員全體殉難時，北京「詩刊」有人作詩悲悼，但那已經引不起臺灣詩人的興趣，無人爲它執筆；這其中人們對重大事故一放一收的態度，當能指出海峽兩岸詩人在精神，心理，經驗，和知識上顯著的歧異；他們似乎已經自然選擇了他們個別的道路。

然而不然，就在這十年兩岸乃至於香港海外的詩作裏，我們明顯看到一份日愈沉重的歷史感。詩人通過他們對現在和過去的比照，探問着時代的悲劇和希望，爲個人的理想和羣體的生死深刻下定義；他們浪蕩江湖和都市街衢，想像科技世界的光輝，追求人道，倫理，愛情，友誼；語言形式固然不可或無，但在語言形式後，詩人突出了他們隱約共同的神話系統，象徵，和寓言。這十年是現代詩終於落實人生的十年，以強烈的文化意識超越其餘。

一九八八年十二月

目次

沈尹默

一八八三——一九七一

三絃

中午時候火一樣的太陽沒法去遮闌，讓他直晒着長街上。靜悄悄少人行路，祇有悠悠風來，吹動路旁楊樹。

誰家破大門裏，半院子綠茸茸草草，都浮着閃閃的金光。旁邊有一段低低土牆，擋住了個彈三絃的人，卻不能隔斷那三絃鼓盪的聲浪。

門外坐着一個穿破衣裳的老年人，雙手抱着頭，他不聲不響。

胡適

一八九一——一九六二

夢與詩

都是平常經驗，
都是平常影象，
偶然湧到夢中來，
變幻出多少新奇花樣！

都是平常情感，
都是平常言語，
偶然碰着個詩人，
變幻出多少新奇詩句！

醉過才知酒濃，
愛過才知情重：——
你不能做我的詩，
正如我不能做你的夢。

寄給北平的一個朋友

藏暉先生昨夜作一夢，
夢見苦雨菴中吃茶的老僧
忽然放下茶鍾出門去，
飄蕭一杖天南行。
天南萬里豈不大辛苦？
只爲智者識得重與輕
醒來我自披衣開窗坐
誰人知我此時一點相思情！

郭沫若

一八九二——一九七八

太陽禮讚

青沉沉的大海，波濤洶湧着，潮向東方。
光芒萬丈地，將要出現了——新生的太陽！

天海中的雲島都已笑得來火一樣地鮮明！
我恨不得，把我眼前的障礙一概剗平！

出現了喲！出現了喲！耿晶晶地白灼的圓光！
從我兩眸中有無限道的金絲向着太陽放，

太陽喲！我背立在大海邊頭緊覷着你。

太陽喲！你不把我照得個通明，我不回去！
太陽喲！你請永遠照在我的面前，不使退轉！
太陽喲！我眼光背開了你時，四面都是黑暗！

太陽喲！你請把我全部的生命照成道鮮紅的血流！
太陽喲！你請把我全部的詩歌照成些金色的浮漚！

太陽喲！我心海中的雲島也已笑得來火一樣地鮮明了！
太陽喲！你請永遠傾聽着，傾聽着，我心海中的怒濤！

天上的市街

遠遠的街燈明了，
好像閃着無數的明星。
天上的明星現了，

好像點着無數的街燈。

我想那縹緲的空中，
定然有美麗的街市。
街市上陳列的一些物品，
定然是世上沒有的珍奇。

你看，那淺淺的天河，
定然是不甚寬廣。
我想那隔河的牛女，
定能够騎着牛兒來往。

我想他們此刻，
定然在天街閑遊。
不信，請看那朶流星，
那怕是他們提着燈籠在走。

陸志韋　一八九四——一九七〇

航海歸來

老弟呀，向前不到一箭路，
這幾天惡浪頭山樣高，
也算經過了一番辛苦。
前面是我們家山的影子。
月輪正掛在桃樹背後，
一斑斑射到港口的亭子。
記得那一年春風來得早，
催醒了一澗羞澀的桃花。
媽就說天公這樣好那樣好。

又是那一天茅亭頂上，
低着眼望海上來的燕子；
什麼事都不曾掛在心上。
老天忽然隨着桃花醒了！
天邊有隱隱的兩片白帆。
那一刻這航海的生涯定了。
這幾年看盡江山飄盡海，
早知道益近家鄉心益苦，
那我又何苦來！我又何苦來！

雜樣的五拍詩

一

是。。。。。。
一件百家衣，矮窗上的紙。
葦子桿子上稀稀拉拉的雪。
松香琥珀的燈光爲什麼淒涼？

幾千年，幾萬年，隔這一層薄紙

天氣暖和點，還有人認識我

父母生我在沒落的書香門第

徐志摩

一八九六——一九三一

常州天寧寺聞禮懺聲

有如在火一般可愛的陽光裏，偃臥在長梗的，雜亂的叢草裏，聽初夏第一聲的鷓鴣，從天邊直響入雲中，從雲中又回響到天邊；

有如在月夜的沙漠裏，月光溫柔的手指，輕輕的撫摩着一顆顆熱傷了的砂礫，在鵝絨般軟滑的熱帶的空氣裏，聽一個駱駝的鈴聲，輕靈的，輕靈的，在遠處響着，近了，近了，又遠了……

有如在一個荒涼的山谷裏，大膽的黃昏星，獨自臨照着陽光死去了的宇宙，野草與野樹默默的祈禱着，聽一個瞎子，手扶着一個幼童，鐺的一響算命鑼，在這黑沉沉的世界裏回響着；

有如在大海裏的一塊礁石上，浪濤像猛虎般的狂撲着，天空緊緊的繃着黑雲的厚幕，聽大海向那威嚇着的風暴，低聲的，柔聲的，懺悔他一切的罪惡；

有如在喜馬拉雅的頂巔，聽天外的風，追趕着天外的雲的急步聲，在無數雪亮的山壑間回響着；

有如在生命的舞臺的幕背，聽空虛的笑聲，失望與痛苦的呼籲聲，殘殺與淫暴的狂歡聲，厭世與自殺的高歌聲，在生命的舞臺上合奏着。

我聽着了天寧寺的禮懺聲！

這是那裏來的神明？人間再沒有這樣的境界！

這鼓一聲，鐘一聲，磬一聲，木魚一聲，佛號一聲……樂音在大殿裏，迂緩的，曼長的廻盪着，無數衝突的波流諧合了，無數相反的色彩淨化了，無數現世的高低消滅了……

這一聲佛號，一聲鐘，一聲鼓，一聲木魚，一聲磬，諧音磅礡在宇宙間——解開一小顆時間的埃塵，收束了無量數世紀的因果；

這是那裏來的大和諧——星海裏的光彩，大千世界的音籟，眞生命的洪流：止息了一切的動，一切的擾攘；

在天地的盡頭，在金漆的殿椽間，在佛像的眉宇間，在我的衣袖裏，在耳鬢邊，在官感裏，在心靈裏，在夢裏……

在夢裏，這一瞥間的顯示，青天，白水，綠草，慈母溫軟的胸懷，是故鄉嗎？是故鄉嗎？

光明的翅羽，在無極中飛舞！

大圓覺底裏流出的歡喜，在偉大的，莊嚴的，寂滅的，無疆的，和諧的靜定中實現了！

頌美呀，涅槃！讚美呀，涅槃！

沙揚娜拉一首

贈日本女郎

最是那一低頭的溫柔，
像一朵水蓮花不勝涼風的嬌羞，
道一聲珍重，道一聲珍重，
那一聲珍重裏有蜜甜的憂愁——
沙揚娜拉！

一塊晦色的路碑

腳步輕些，過路人！
休驚動那最可愛的靈魂，
如今安眠在這地下，

有絳色的野草花掩護她的餘燼。

你且站定，在這無名的土阜邊，
任晚風吹弄你的衣襟；
倘如這片刻的靜定感動了你的悲憫，
讓你的淚珠圓圓的滴下——
爲這長眠着的美麗的靈魂！

過路人，假如你也曾
在這人間不平的道上顚頓，
讓你此時的感憤凝成最鋒利的悲憫，
在你的激震着的心葉上，
刺出一滴，兩滴的鮮血——
爲這遭寃曲的最純潔的靈魂。

西伯利亞道中憶西湖秋雪庵蘆色作歌

我撿起一枝肥圓的蘆梗，
在這秋月下的蘆田；
我試一試蘆笛的新聲，
在月下的秋雪庵前。

這秋月是紛飛的碎玉，
蘆田是神仙的別殿；
我弄一弄蘆管的幽樂——
我映影在秋雪庵前。

我先吹我心中的歡喜——
清風吹露蘆雪的酥胸；

我再弄我歡喜的心機——
　蘆田中見萬點的飛螢。

我記起了我生平的惆悵，
　中懷不禁一陣的淒迷，
笛韻中也聽出了新來淒涼——
　近水間有斷續的蛙啼。

這時候蘆雪在明月下飜舞，
　我暗地思量人生的奧妙；
我正想譜一折人生的新歌，
　啊，那蘆笛（碎了）再不成音調！

這秋月是繽紛的碎玉，
　蘆田是仙家的別殿；
我弄一弄蘆管的幽樂——

我映影在秋雪庵前。

我撿起一枝肥圓的蘆梗，
　在這秋月下的蘆田；
我試一試蘆笛的新聲，
　在月下的秋雪庵前。

翡冷翠的一夜

你眞的走了，明天？那我，那我……
你也不用管，遲早有那一天；
你願意記着我，就記着我，
要不然趁早忘了這世界上
有我，省得想起時空着惱，
只當是一個夢，一個幻想；
只當是前天我們見的殘紅，

怯怜怜的在風前抖擻，一瓣，
兩瓣，落地，叫人踩，變泥……
唉，叫人踩，變泥——變了泥倒乾淨，
這半死不活的才叫是受罪，
看着寒傖，累贅叫人白眼——
天呀！你何苦來，你何苦來……
我可忘不了你，那一天你來，
就比如黑暗的前途見了光彩，
你是我的先生，我愛，我的恩人，
你教給我甚麼是生命，甚麼是愛，
你驚醒我的昏迷，償還我的天眞，
沒有你我那知道天是高，草是靑？
你摸摸我的心，它這下跳得多快；
再摸我的臉，燒得多焦，虧這夜黑
看不見；愛，我氣都喘不過來了，
別親我了；我受不住這烈火似的活，

這陣子我的靈魂就像是火磚上的
熟鐵，在愛的鎚子下，砸，砸，火花
四散的飛灑……我暈了，抱着我，
愛，就讓我在這兒清靜的園內，
閉着眼，死在你的胸前，多美！
頭頂白楊樹上的風聲，沙沙的，
算是我的喪歌，這一陣清風，
橄欖林裏吹來的，帶着石榴花香，
就帶了我的靈魂走，還有那螢火，
多情的殷勤的螢火，有他們照路，
我到了那三環洞的橋上再停步，
聽你在這兒抱着我半暖的身體，
悲聲的叫我，親我，搖我，咂我……
我就微笑的再跟着清風走，
隨他領着我，天堂，地獄，那兒都成，
反正丟了這可厭的人生實現這死

在愛裏，這愛中心的死不強如
五百次的投生？自私，我知道，
可我也管不着……你伴着我死？
什麼，不成雙就不是完全的「愛死」，
要飛昇也得兩對翅膀兒打夥，
進了天堂還不一樣的要照顧，
我少不了你，你也不能沒有我；
要是地獄，我單身去你更不放心，
你說地獄不定比這世界文明
（雖則我不信），像我這嬌嫩的花朵，
難保不再遭風暴，不叫雨打，
那時候我喊你，你也聽不分明——
那不是求解脫反投進了泥坑，
倒叫冷眼的鬼串通了冷心的人，
笑我的命運，笑你懦怯的粗心？
這話也有理，那叫我怎麼辦呢？

活着難，太難，就死也不得自由，
我又不願你爲我犧牲你的前程……
唉！你說還是活着等，等那一天！
有那一天嗎？你在，就是我的信心；
可是天亮你就得走，你眞的忍心
丟了我走？我又不能留你，這是命；
但這花，沒陽光曬，沒甘露浸，
不死也不免瓣尖兒焦萎，多可憐！
你不能忘我，愛，除了在你的心裏，
我再沒有命；是，我聽你的話，我等，
等鐵樹兒開花我也得耐心等；
愛，你永遠是我頭頂的一顆明星：
要是不幸死了，我就變一個螢火，
在這園裏，挨着草根，暗沉沉的飛，
黃昏飛到半夜，半夜飛到天明，
只願天空不生雲，我望得見天，

天上那顆不變的大星，那是你，
但願你爲我多放光明，隔着夜，
隔着天，通着戀愛的靈犀一點……

海韻

一

「女郎，單身的女郎，
你爲什麼留戀
這黃昏的海邊？
女郎，回家吧，女郎！」
「啊不；回家我不回，
我愛這晚風吹：」
在沙灘上，在暮靄裏，
有一個散髮的女郎——

徘徊，徘徊。

二

「女郎，散髮的女郎，
你爲什麼徬徨
在這冷清的海上？
女郎，回家吧，女郎！」
「啊不；你聽我唱歌，
大海，我唱，你來和：」
在星光下，在涼風裏，
輕盪着少女的清音——
高吟，低哦。

三

「女郎，膽大的女郎！
那天邊扯起了黑幕，

這頃刻間有惡風波，
女郎，回家吧，女郎！」
「啊不；你看我凌空舞，
學一個海鷗沒海波：」
在夜色裏，在沙灘上，
急旋着一個苗條的身影——
婆娑，婆娑。

四

「聽呀，那大海的震怒，
女郎，回家吧，女郎！
看呀，那猛獸似的海波，
女郎，回家吧，女郎！」
「啊不；海波他不來吞我，
我愛這大海的顛簸！」
在潮聲裏，在波光裏，

啊，一個慌張的少女在海沫裏，
　蹉跎，蹉跎。

五

「女郎，在那裏，女郎？
　在那裏，你嘹喨的歌聲？
在那裏，你窈窕的身影？
　在那裏，啊，勇敢的女郎？」
黑夜吞沒了星輝，
　這海邊再沒有光芒；
海潮吞沒了沙灘，
　沙灘上再不見女郎——
　　再不見女郎！

△偶然

我是天空裏的一片雲，
偶爾投影在你的波心——
　你不必訝異，
　更無須歡喜——
在轉瞬間消滅了蹤影。

你我相逢在黑夜的海上，
你有你的，我有我的，方向；
　你記得也好，
　最好你忘掉，
在這交會時互放的光亮！

再別康橋

輕輕的我走了，
　正如我輕輕的來；

我輕輕的招手，
　作別西天的雲彩。

那河畔的金柳，
　是夕陽中的新娘；
波光裏的豔影，
　在我的心頭蕩漾。

軟泥上的青荇，
　油油的在水底招搖：
在康河的柔波裏，
　我甘心做一條水草！

那榆蔭下的一潭，
　不是清泉，是天上虹
揉碎在浮藻間，

沉澱着彩虹似的夢。

尋夢？撐一支長篙，
向青草更青處漫溯，
滿載一船星輝，
在星輝斑斕裏放歌。

但我不能放歌，
悄悄是別離的笙簫；
夏蟲也爲我沉默
沉默是今晚的康橋！

悄悄的我走了，
正如我悄悄的來；
我揮一揮衣袖，
不帶走一片雲彩。

山中

庭院是一片靜，
聽市謠圍抱；
織成一地松影——
看當頭月好！

不知今夜山中
是何等光景；
想也有月，有松，
有更深的靜。

我想攀附月色，
化一陣清風，
吹醒羣松春醉，

去山中浮動；

吹下一針新碧，
掉在你窗前；
輕柔如同歎息——
不驚你安眠！

在病中

我是在病中，這懨懨的倦臥，
看窗外雲天，聽木葉在風中……
是鳥語嗎？院中有陽光暖和，
一地的衰草，牆上爬着藤蘿，
有三五斑猩的，蒼的，在顫動。
一半天也成泥……
城外，啊西山！

太辜負了，今年，翠微的秋容！
那山中的明月，有彎，也有環：
黃昏時誰在聽白楊的哀怨？
誰在寒風裏賞歸鳥的羣喧？
有誰上山去漫步，靜悄悄的，
去落葉林中檢三兩瓣菩提？
有誰去佛殿上披拂着塵封，
在夜色裏辨認金碧的神容？

這病中心情：一瞬瞬的回憶，
如同天空，在碧水潭中過路，
透映在水紋間斑駁的雲翳；
又如陰影閃過虛白的牆隅，
瞥見時似有，轉眼又復消散；
又如縷縷炊煙，才嫋梟，又斷……
又如暮天裏不成字的寒雁，

飛遠，更遠，化入遠山，化作煙！
又如在暑夜看飛星，一道光
碧銀銀的抹過，更不許端詳。
又如蘭蕊的清芬偶爾飄過，
誰能留住這沒影蹤的婀娜？
又如遠寺的鐘聲，隨風吹送，
在春宵，輕搖你半殘的春夢！

宗白華

一八九七——一九八六

小詩

生命的樹上
凋了一枝花
謝落在我的懷裏，
我輕輕的壓在心上。
她接觸了我心中的音樂
化成小詩一朵。

詩

啊，詩從何處尋？
在細雨下，點碎落花聲！
在微風裏，飄來流水音！
在藍空天末，搖搖欲墜的孤星！

斷句

心中的宇宙
明月鏡中的山河影。

王獨清

（一八九八——一九四〇）

我從 Café 中出來……

我從 Café 中出來
身上添了
中酒的
疲乏，
我不知道
向那一處走去，纔是我底
暫時的住家……
啊，冷靜的街衢，
黃昏，細雨！

我從 Café 中出來，
在帶着醉
無言地
獨走，
我底心內，
感着一種，要失了故國的
浪人底哀愁……
啊，冷靜的街衢，
黃昏，細雨。

但丁墓前

現在我要走了（因為我是一個飄泊人）！
唉，你收下罷，收下我留給你的這個眞心！
　我把我底心留給你底頭髮，

你底頭髮是我靈魂底住家；
我把我底心留給你底眼睛，
你底眼睛是我靈魂底墳塋……
我，我眞願作此地底乞丐，忘去所有的憂愁，
就在這出名的但丁墓旁用一生和你相守！
　但是現在除了請你把我底心收下，
此外要說的，只是我和你告別的話！

Addio mia bella!

現在我要走了（因爲我是一個飄泊人）
唉，你記下罷，記下我和你所經過的光陰！
　那光陰是一朵迷人的香花，
　被我用來獻給了你這美頰，
　那光陰是一杯醉人的甘醇，
　被我用來供給了你這愛唇……
我眞願作此地底乞丐，忘去我一切的憂愁，

好在我傾慕的但丁墓旁，到死都和你相守！
但是現在除了請你把那光陰記下，
此外應該說的，只是平常告別的話！
Addio mia cara!

俞平伯　一八九九—一九九〇

憶

第一七

離家的燕子，
　在初夏一個薄晚上，
　隨輕寒的風色，
嬾嬾的飛向北方海濱來了，
　雙雙尾底翩躚，
　漸漸褪去了江南綠，

老向風塵間，
這樣的，剪啊，剪啊。

重來江南日，
可憐只有腳上的塵土和牠同來了，
還是這樣的，剪啊，剪啊。

第二一

小小的闌干，紅着的，
蒲葵扇上，梔子花兒底晚香。

第二二

亮汪汪的兩根燈草的油盞，
攤開一本禮記，
且當牠山歌般的唱。

乍聽間壁又是說又是笑的，

「她來了罷？」

禮記中盡是些她了。

「娘，我書已讀熟了。」

聞一多　一八九九——一九四六

晚清出生

紅豆

一

紅豆似的相思啊！
一粒粒的
墜進生命底磁罎裏了……
聽他跳激底音聲，
這般淒楚！
這般清切！

一四

我把這些詩寄給你了，
這些字你若不全認識，
那也不要緊。
你可以用手指
輕輕摩着他們，
像醫生按着病人的脈，
你許可以試出
他們緊張地跳着，
同你心跳底節奏一般。

二八

這算他圓滿底三絕罷！——
蓮子，
淚珠兒，
我們的婚姻。

二九

這一滴紅淚：
不是別後的清愁，
卻是聚前的炎痛。

紅燭

蠟炬成灰淚始乾
——李商隱

紅燭啊！
這樣紅的燭！
詩人啊！
吐出你的心來比比，
可是一般顏色？

紅燭啊！
是誰製的蠟——給你軀體？
是誰點的火——點着靈魂？
爲何更須燒蠟成灰，
然後才放光出？
一誤再誤；
矛盾！衝突！

紅燭啊！
不誤！不誤！
原是要「燒」出你的光來——
這正是自然底方法。
紅燭啊！
既製了，便燒着！
燒罷！燒罷！
燒破世人底夢，

燒沸世人底血——
也救出他們的靈魂，
也搗破他們的監獄！

紅燭啊！
你心火發光之期，
正是淚流開始之日。

紅燭啊！
匠人造了你，
原是爲燒的。
既已燒着，
又何苦傷心流淚？
哦！我知道了！
是殘風來侵你的光芒，
你燒得不穩時，

才着急得流淚！

紅燭啊！
流罷，你怎能不流呢？
請將你的脂膏，
不息地流向人間，
培出慰藉底花兒，
結成快樂的果子，

紅燭啊！
你流一滴淚，灰一分心。
灰心流淚你的果，
創造光明你的因。

紅燭啊！
「莫問收穫，但問耕耘。」

死水

這是一溝絕望的死水，
清風吹不起半點漪淪。
不如多扔些破銅爛鐵，
爽性潑你的賸菜殘羹。

也許銅的要綠成翡翠，
鐵罐上銹出幾瓣桃花；
再讓油膩織一層羅綺，
黴菌給他蒸出些雲霞。

讓死水酵成一溝綠酒，
飄滿了珍珠似的白沫；
小珠們笑聲變成大珠，

又被偷酒的花蚊齩破。
那麼一溝絕望的死水，
也就誇得上幾分鮮明。
如果青蛙耐不住寂寞，
又算死水叫出了歌聲。

這是一溝絕望的死水，
這裏斷不是美的所在，
不如讓給醜惡來開墾，
看他造出個什麼世界。

一句話

有一句話說出就是禍，
有一句話能點得着火。

別看五千年沒有說破，
你猜得透火山的緘默？
說不定是突然着了魔，
突然青天裏一個霹靂
　爆一聲：
「咱們的中國！」

這話叫我今天怎麼說？
你不信鐵樹開花也可，
那麼有一句話你聽着：
等火山忍不住了緘默，
不要發抖，伸舌頭，頓腳，
等到青天裏一個霹靂
　爆一聲：
「咱們的中國！」

天安門

好傢伙！今日可嚇壞了我！
兩條腿到這會兒還哆唆。
瞧着，瞧着，都要追上來了，
要不，我爲什麼要那麼跑？
先生，讓我喘口氣，那東西，
你沒有瞧見那黑漆漆的，
沒腦袋的，蹶腳的，多可怕，
還搖晃着白旗兒說着話！
這年頭眞沒法辦，你問誰？
眞是人都辦不了，別說鬼。
還開會啦，還不老實點兒！
你瞧，都是誰家的小孩兒，
不才十來歲兒嗎？幹嗎的？

腦袋瓜上不是使槍扎的？
先生，聽說昨日又死了人，
管包死的又是傻學生們。
這年頭兒也眞有那怪事。
那學生們有的喝，有的喫，——
咱二叔頭年死在楊柳青，
那是餓的沒法兒去當兵，——
誰拿老命白白的送閻王！
咱一輩子沒撒過謊，我想
剛灌上倆子兒油，一整勺，
怎麼走着走着瞧不見道。
怨不得小禿子嚇掉了魂，
勸人黑夜裏別走天安門。
得！就算咱拉車的活倒楣，
趕明日北京滿城都是鬼！

飛毛腿

我說飛毛腿那小子也眞够癟扭，
管包是拉了半天車得半天歇着，
一天少了說也得二三兩白干兒，
醉醺醺的一死兒拉着人談天兒。
他媽的誰能陪着那個小子混呢？
「天爲啥是藍的？」沒事他該問你。
還吹他媽什麼簫，你瞧那副神兒，
窩着件破棉襖，老婆的，也沒準兒，
再瞧他擦着那車上的倆大燈罷，
擦着擦着問你曹操有多少人馬。
成天兒車燈車把且擦且不完啦，
我說「飛毛腿你怎不擦擦臉啦？」
可是飛毛腿的車擦得眞够亮的，

許是得擦到和他那心地一樣的！
唶！那天河裏飄着飛毛腿的屍首，……
飛毛腿那老婆死得太不是時候！

聞一多先生的書桌

忽然一切的靜物都講話了，
　忽然間書桌上怨聲騰沸：
墨盒呻吟道「我渴得要死！」
　字典喊雨水漬濕了他的背；

信箋忙叫道彎痛了他的腰；
　鋼筆說煙灰閉塞了他的嘴，
毛筆講火柴燒禿了他的鬚，
　鉛筆抱怨牙刷壓了他的腿；

香爐咕嘍着「這些野蠻的書
　早晚定規要把你擠倒了！」
大鋼錶嘆息快睡銹了骨頭；
　「風來了！風來了！」稿紙都叫了；
筆洗說他分明是盛水的，
　怎麼吃得慣臭辣的雪茄灰；
桌子怨一年洗不上兩回澡，
　墨水壺說「我雨天給你洗一回。」

「什麼主人？誰是我們的主人？」
　一切的靜物都同聲罵道，
「生活若果是這般的狼狽，
　倒還不如沒有生活的好！」

主人皺着煙斗迷迷地笑，

「一切的眾生應該各安其位，
我何曾有意的糟蹋你們，
秩序不在我的能力之內。」

冰心

一九〇〇——一九九九

春水

一

春水！
　又是一年了，
　還這般的微微吹動。
可以再照一個影兒麼？
春水溫靜的答謝我說：
「我的朋友！

我從來未曾留下一個影子，
　不但對你是如此。」

一八二

別了！
　春水，
感謝你一春潺潺的細流，
　帶去我許多意緒。
向你揮手了，
　緩緩地流到人間去罷。
　我要坐在泉源邊，
　靜靜回響。

紙船　寄母親

我從不肯妄棄一張紙，
　總是留着——留着，
疊成一隻一隻很小的船兒，
　在舟上抛下在海裏。

有的被天風吹捲到舟中的窗裏，
　有的被海浪打濕，沾在船頭上。
我仍是不灰心的每天的疊着，
　總希望有一隻能流到我要他到的地方去。

母親，倘若你夢中看見一隻很小的白船兒，
　不要驚訝他無端入夢。
這是你至愛的女兒含着淚疊的，
　萬水千山，求他載着她的愛和悲哀歸去。

李金髮

一九〇〇——一九七六

棄婦

長髮披遍我兩眼之前，
遂隔斷了一切羞惡之疾視，
與鮮血之急流，枯骨之沉睡。
黑夜與蟻蟲聯步徐來，
越此短牆之角，
狂呼在我清白之耳後，
如荒野狂風怒號，
戰慄了無數游牧。

靠一根草兒，與上帝之靈往返在空谷裏，
我的哀戚惟游蜂之腦能深印着；
或與山泉長瀉在懸崖，
然後隨紅葉而俱去。

棄婦之隱憂堆積在動作上，
夕陽之火不能把時間之煩悶
化成灰燼，從煙突裏飛去，
長染在游鴉之羽，
將同棲止於海嘯之石上，
靜聽舟子之歌。

衰老的裙裾發出哀吟，
徜徉在邱墓之側，
永無熱淚，
點滴在草地

爲世界之裝飾。

里昂車中

細弱的燈光淒清地照遍一切，
使其粉紅的小臂，變成灰白，
軟帽的影兒，遮住她們的臉孔，
如同月在雲裏消失！

朦朧的世界之影，
在不可勾留的片刻中，
遠離了我們
毫不思索。

山谷的疲乏惟有月的餘光，
和長條之搖曳，

使其深睡。
草地的淺綠，照耀在杜鵑的羽上，
車輪的鬧聲，撕碎一切沉寂；
遠市的燈光閃耀在小窗之口，
唯無力顯露倦睡人的小頰，
和深沉在心之底的煩悶。

呵，無情之夜氣，
蜷伏了我的羽翼。
細流之鳴聲，
與行雲之飄泊，
長使我的金髮褪色麼？

在不認識的遠處，
月兒似勾心鬥角的遍照，
萬人歡笑、

萬人悲哭，
同躱在一具兒，——模糊的黑影
辨不出是鮮血，
是流螢！

汝可以裸體……

汝可以裸體來到園裏，
我的薔薇正開着，
他深望與你比較美麗，
——但須除掉多情的眼兒。

汝可以沉睡在幽潤之蒼苔上
不夢想一切事情。
假如腿兒濕了，我可以
用日光的反照去乾燥之。

汝可以不留意秀眼的叫聲，
他是因春歸去了，
正在尋春歸去的蹤跡；
柳梢上的不是，春草池塘的不是！

汝可以將手壓住金色的髮兒，
免致西風來了，
吹向遊客懷裏
去比他們不可數的愁絲。

廢名

一九〇一——一九六七

小河

乾涸了的河牀
　望着天上的星道，
「我晝夜不息的波流呢？」
天上的星一齊謝道，
　「我們忘了河裏的沙，
你記得我們的波流。」

理髮店

理髮店的胰子沫
同宇宙不相干，
又好似魚相忘於江湖。
匠人手下的剃刀
想起人類的理解，
畫得許多痕迹。
牆上下等的無線電開了，
是靈魂之吐沫。

四月二十八日黃昏

街上的電燈柱
　一個燈一個燈。
小孩子手上拿了楊柳枝
看天上的燕子飛，
　一個燈一個燈。

石頭也是燈。
道旁犬也是燈。
盲人也是燈。
叫化子也是燈。
飢餓的眼睛
　　也是燈也是燈。
黃昏天上的星出現了，
一個燈一個燈。

街　頭

行到街頭乃有汽車馳過，
乃有郵筒寂寞。
郵筒PO
乃記不起汽車的號碼X，
乃有阿拉伯數字寂寞，

汽車寂寞，
大街寂寞，
人類寂寞。

燈

深夜讀書
釋手一本老子道德經之後，
若拋卻吉凶悔吝
相晤一室。
太疏遠莫若拈花一笑了，
有魚之與水，
貓不捕魚，
又記起去年冬夜裏地席上看見一隻小耗子走路，
夜販的叫賣聲又做了宇宙的言語，
又想起一個年青人的詩句

「魚乃水之花。」
燈光好像寫了一首詩，
他寂寞我不讀他。
我笑曰，我敬重你的光明。
我的燈又叫我聽街上敲梆人。

星

滿天的星，
顆顆說是永遠的春花。
東牆上海棠花影，
簇簇說是永遠的秋月。
清晨醒來是多夜夢中的事了。
昨夜夜半的星，
清潔真如明麗的網，
疏而不失，

春花秋月也都是的，
子非魚安知魚。

十二月十九夜

深夜一枝燈，
若高山流水，
有身外之海。
星之空是鳥林，
是花，是魚，
是天上的夢，
海是夜的鏡子。
思想是一個美人，
是家，
是日，
是月，

是燈，
是爐火，
爐火是牆上的樹影，
是冬夜的聲音。

寄之琳

我說給江南詩人寫一封信去，
乃窺見院子裏一株樹葉的疏影，
他們寫了日午一封信。
我想寫一首詩，
猶如日，猶如月，
猶如午陰，
猶如無邊落木蕭蕭下，——
我的詩情沒有兩片葉子。

梁宗岱

一九〇三——一九八三

暮

像老尼一般，黃昏
又從蒼古的修道院
黯淡地遲遲遲地行近了。

星空

深沉幽邃的星空下，
無限的音波
正齊奏他們的無聲的音樂。

聽呵！默默無言的聽呵！
遠遠萬千光明的使者
（人間的嬰兒偉大的靈魂罷）
頌讚的歌聲
從紛藍熒熒的天河裏
隱隱的起了，——
是夜色深深，
造物的慈愛深深，
心靈的感覺深深。

朱湘

一九〇四——一九三三

葬我

葬我在荷花池內，
耳邊有水蚓拖聲，
在綠荷葉的燈上
螢火蟲時暗時明——

葬我在馬纓花下，
永作着芬芳的夢——
葬我在泰山之巔，
風聲嗚咽過孤松——

不然，就燒我成灰，
投入氾濫的春江，
與落花一同漂去
無人知道的地方。

有憶

淡黃色的斜暉
轉眼中不留餘跡。
一切的擾攘皆停，
一切的喧囂皆息。

入了夢的烏鴉
風來時偶發喉音；
和平的無聲晚汐，

已經淹沒了全城。

路燈亮着微紅，
蒼鷹飛下了城堞，
在暮煙的白被中
紫色的鍾山安歇。

寂寥的街巷內，
王侯大第的牆陰，
噹的一聲竹筒響，
是賣元宵的老人。

林徽音

一九〇四——一九五五

憶

新年等在窗外，一縷香，
枝上剛放出一半朵紅。
心在轉，你曾說過的
幾句話，白鴿似的盤旋。

我不曾忘，也不能忘
那天的天澄清的透藍，
太陽帶點暖，斜照在
每棵樹梢頭，像鳳凰。

是你在笑，仰臉望，
多少勇敢話那天，你我
全說了，——像張風箏
向藍穹，憑一線力量。

別丟掉

別丟掉
這一把過往的熱情，
現在流水似的，
輕輕
在幽冷的山泉底，
在黑夜　在松林，
嘆息似的渺茫，
你仍要保存着那眞！

一樣是月明，
一樣是隔山燈火，
滿天的星，
只使人不見，
夢似的掛起，
你問黑夜要回
那一句話——你仍得相信
山谷中留着
有那回音！

無題

什麼時候再能有
那一片靜；
溶溶在春風中立着，
面對着山，面對着小河流？

什麼時候還能那樣
滿掬着希望；
披拂新綠，耳語似的詩思，
登上城樓，更聽那一聲鐘響？

什麼時候，又什麼時候，心
才眞能懂得
這時間的距離；山河的年歲；
昨天的靜，鐘聲
昨天的人
怎樣又在今天裏劃下一道影！

黃昏過泰山

記得那天

心同一條長河，
讓黃昏來臨，
月一片掛在胸襟。
如同這青黛山，
今天，
心是孤傲的屏障一面；
葱郁，
不忘卻晚霞，
蒼莽，
卻聽腳下風起，
來了夜——

靜坐

冬有冬的來意，
寒冷像花，——

花有花香，冬有回憶一把。
一條枯枝影，青煙色的瘦細，
在午後的窗前拖過一筆畫；
寒裏日光淡了，漸斜……
就是那樣底
像待客人說話
我在靜沉中默啜着茶。

去春

不過是去年的春天，花香，
紅白的相間着一條小曲徑，
在今天這蒼白的下午，再一次登山
回頭看，小山前一片松風
就吹成長長的距離，在自己身旁。

人去時，孔雀綠的園門，白丁香花，
相伴着動人的細緻，在此時，
又一次湖水將解的季候，已全變了畫。
時間裏懸掛，迎面陽光不來，
就是來了也是斜抹一行沉寂記憶，樹下。

馮至

一九〇五——一九九三

風夜

「也是這樣的風夜，
也是這樣的秋天，
我把生命釀成美酒，
頻頻地送到你的唇邊，
一盞，兩盞，三盞……」

我屈指殷殷地暗算，
恰恰地滿了一年，
我沉埋在這座昏黃的城裏，

像海上被了難飄散的船板，
一片，兩片，三片……

我今宵靜息在秋星下，
如船板飄聚到海灣，
它們再也當不起海上的洶濤，
我也怕望那風中的星焰，
一閃，兩閃，三閃……

南方的夜

我們靜靜地坐在湖濱，
聽燕子給我們講南方的靜夜。
南方的靜夜已經被它們帶來，
夜的蘆葦蒸發着濃郁的情熱。——

我已經感到了南方的夜間的陶醉，

請你也嗅一嗅吧這蘆葦中的濃味。

你說大熊星總像是寒帶的白熊，
望去使你的全身都感到淒冷。
這時的燕子輕輕地掠過水面，
零亂了滿湖的星影。——
請你看一看吧這湖中的星象，
南方的星夜便是這樣的景象。

你說，你疑心那邊的白果松
總彷彿樹上的積雪還沒有消融。
這時燕子飛上了一棵棕櫚，
唱出來一種熱烈的歌聲。——
請你聽一聽吧燕子的歌唱，
南方的林中便是這樣的景象。

總覺得我們不像是熱帶的人，
我們的胸中總是秋冬般的平寂。
燕子說，南方有一種珍奇的花朵，
經過二十年的寂寞才開一次。——
　這時我胸中覺得有一朵花兒隱藏，
它要在這靜夜裏火一樣地開放！

等待

在我們未生之前，
天上的星，海裏的水
都抱着千年萬里的心
在那兒等待你。

如今一個豐饒的世界
在我的面前，

天上的星，海裏的水，
把它們等待你的心
整整地給了我。

十四行

一　我們準備着

我們準備着深深地領受
那些意想不到的奇迹，
在漫長的歲月裏忽然有
彗星的出現，狂風乍起：

我們的生命在這一瞬間，
彷彿在第一次的擁抱裏
過去的悲歡忽然在眼前

四段　第一首

人生突然變得有意義

他們認為可以改造平凡

凝結成屹然不動的形體。

我們讚頌那些小昆蟲，
它們經過了一次交媾
或是抵禦了一次危險，

便結束它們美妙的一生。
我們整個的生命在承受
狂風乍起，彗星的出現。

二　什麼能從我們身上脫落

什麼能從我們身上脫落，
我們都讓它化作塵埃：
我們安排我們在這時代
像秋日的樹木，一棵棵

把樹葉和些過遲的花朵
都交給秋風，好舒開樹身
伸入嚴冬；我們安排我們
在自然裏，像蛻化的蟬蛾

把殘殼都丟在泥裏土裏；
我們把我們安排給那個
未來的死亡，像一段歌曲，

歌聲從音樂的身上脫落，
歸終剩下了音樂的身軀
化作一脈的青山默默。

一四　畫家梵訶

你的熱情到處燃起火，
你燃着了向日的黃花，

燃着了濃郁的扁柏，
燃着了行人在烈日下——

他們都是那樣熱烘烘
向着高處呼籲的火焰；
但是背陰處幾點花紅，
監獄裏的一個小院，

幾個貧窮的人低着頭
在貧窮的房裏剝土豆，
卻像是永不消溶的冰塊。

這中間你畫了吊橋，
畫了輕盈的船：你可要
把些不幸者迎接過來？

一六　我們站立在高高的山巔

我們站立在高高的山巔
化身爲一望無邊的遠景，
化成面前的廣漠的平原，
化成平原上交錯的蹊徑。

哪條路、哪道水，沒有關聯，
哪陣風、哪片雲，沒有呼應：
我們走過的城市、山川，
都化成了我們的生命。

我們的生長、我們的憂愁
是某某山坡的一棵松樹，
是某某城上的一片濃霧；

我們隨着風吹，隨着水流，
化成平原上交錯的蹊徑，
化成蹊徑上行人的生命。

一八　我們有時度過一個親密的夜

我們有時度過一個親密的夜
在一間生疏的房裏，它白晝時
是什麼模樣，我們都無從認識，
更不必說它的過去未來。原野——

一望無邊地在我們窗外展開，
我們只依稀地記得在黃昏時
來的道路，便算是對它的認識，
明天走後，我們也不再回來。

閉上眼吧！讓那些親密的夜

和生疏的地方織在我們心裏：
我們的生命像那窗外的原野，

我們在朦朧的原野上認出來
一棵樹、一閃湖光、它一望無際
藏着忘卻的過去、隱約的將來。

一九 別離

我們招一招手，隨着別離
我們的世界便分成兩個，
身邊感到冷，眼前忽然遼闊，
像剛剛降生的兩個嬰兒。

啊，一次別離，一次降生，
我們擔負着工作的辛苦，
把冷的變成暖，生的變成熟，

各自把個人的世界耘耕。

爲了再見，好像初次相逢，
懷着感謝的情懷想過去，
像初晤面時忽然感到前生。

一生裏有幾回春幾回冬，
我們只感受時序的輪替，
感受不到人間規定的年齡。

二〇　有多少面容，有多少語聲

有多少面容，有多少語聲
在我們夢裏是這般眞切，
不管是親密的還是陌生：
是我自己的生命的分裂，

可是融合了許多的生命，
在融合後開了花，結了果？
誰能把自己的生命把定
對着這茫茫如水的夜色，

誰能讓他的語聲和面容
只在些親密的夢裏縈組？
我們不知已經有多少回

被映在一個遼遠的天空，
給船夫或沙漠裏的行人
添了些新鮮的夢的養分。

二一　我們聽着狂風裏的暴雨

我們聽着狂風裏的暴雨，

我們在燈光下這樣孤單，
我們在這小小的茅屋裏
就是和我們用具的中間

也有了千里萬里的距離：
銅爐在嚮往深山的礦苗
瓷壺在嚮往江邊的陶泥，
它們都像風雨中的飛鳥

各自東西。我們緊緊抱住，
好像自身也都不能自主。
狂風把一切都吹入高空，

暴雨把一切又淋入泥土，
只剩下這點微弱的燈紅
在證實我們生命的暫住。

二五　案頭擺設着用具

案頭擺設着用具，
架上陳列着書籍，
終日在些靜物裏
我們不住地思慮。

言語裏沒有歌聲，
舉動裏沒有舞蹈，
空空問窗外飛鳥
爲什麼振翼凌空。

只有睡着的身體，
夜靜時起了韻律：
空氣在身內游戲，

海鹽在血裏游戲——
睡夢裏好像聽得到
天和海向我們呼叫。

二七　從一片氾濫無形的水裏

從一片氾濫無形的水裏
取水人取來橢圓的一瓶，
這點水就得到一個定形；
看，在秋風裏飄揚的風旗，

它把住些把不住的事體，
讓遠方的光、遠方的黑夜
和些遠方的草木的榮謝，
還有個奔向遠方的心意，

都保留一些在這面旗上。

我們空空聽過一夜風聲，
空看了一天的草黃葉紅，

向何處安排我們的思、想？
但願這些詩像一面風旗
把住一些把不住的事體。

臧克家

一九〇五——

農民詩人

五四以來的詩人，[illegible]

生命的叫喊

社會小人物的辛酸生活

高上去又跌下來，
這叫賣的呼聲——
一支音標，沉浮着，
在測量這無底的五更。
深閨無眠的心，將把這
做成詩意的幽韻？
不，這是生命的叫喊，
一聲一口血，喊碎了這夜心。

象徵 譬喻

說明 總結

豐富意涵

重度努力

古城的春天

眼前掛上了昏黃的風圈，
沙石的晃旋晃得人發眩，
縱然殘堞偷來了綠色，
三尺以內望不到春天。

叢叢的荒塚
是朵朵黃花，
簪在這古城
霜白的鬢邊。

城根下的古槐空透了心，
用一枝綠手，招醒了城下的土人，
走出門來望一望鋼板的地，
空歎聲：「一犂春雨一犂金。」

戴望舒

一九〇五——一九五〇

雨巷

撑着油紙傘，獨自
彷徨在悠長，悠長
又寂寥的雨巷，
我希望逢着
一個丁香一樣地
結着愁怨的姑娘。

她是有
丁香一樣的顏色，

象徵主義（高度象徵）
滿清時期出生
巷子不存在
想像女孩子的出現
"雨巷詩人"
有使用古典
有韻律

丁香一樣的芬芳，
丁香一樣的憂愁，
在雨中哀怨，
哀怨又彷徨；

她彷徨在這寂寥的雨巷，
撐着油紙傘
像我一樣，
像我一樣地
默默彳亍着，
冷漠，淒清，又惆悵。

她靜默地走近
走近，又投出
太息一般的眼光，
她飄過

有一個希望但失落了
高度期待的落空
*建立民國之後並沒有
變得祥和，反而有更
多戰爭，有識之人的
民主共和國理想破滅
將知識份子的失落感
出來
高度象徵的詩歌
在不同的境界都可
以深刻感受

像夢一般地，
像夢一般地淒婉迷茫。

像夢中飄過
一枝丁香地，
我身旁飄過這女郎；
她靜默地遠了，遠了，
到了頹圮的籬牆，
走盡這雨巷。

在雨的哀曲裏，
消了她的顏色，
散了她的芬芳，
消散了，甚至她的
太息般的眼光，
她丁香般的惆悵。

撐着油紙傘，獨自
彷徨在悠長，悠長
又寂寥的雨巷，
我希望飄過
一個丁香一樣地
結着愁怨的姑娘。

使用意象
可牽涉到廣泛的層面

旅　思

故鄉蘆花開的時候，
旅人的鞋跟染着征泥，
黏住了鞋跟，黏住了心的征泥，
幾時經可愛的手拂拭？

棧石星飯的歲月，

驛山驛水的行程：
只有寂靜中的促織聲
給旅人嘗一點家鄉的風采。

古神祠前

古神祠前逝去的
暗暗的水上，
印着我多少的
思量底輕輕的腳迹，
比長腳的水蜘蛛，
更輕更快的腳迹。

從蒼翠的槐樹葉上，
它輕輕地躍到，
飽和了古愁的鐘聲的水上，

它掠過漣漪，踏過荇藻，
跨着小小的，小小的
輕快的步子走。
然後，躊躇着，
生出了翼翅……

它飛上去了，
這小小的蜉蝣，
不，是蝴蝶，它翩翩飛舞，
在蘆葦間，在紅蓼花上；
它高升上去了，
化作一隻雲雀，
把清音撒到地上……
現在它是鵬鳥了。
在浮動的白雲間，
在蒼茫的青天上，

它展開翼翅慢慢地，
作九萬里的翺翔，
前生和來世的逍遙遊，

它盤旋着，孤獨地，
在迢遙的雲山上，
在人間世的邊際，
長久地，固執到可憐。

終於，絕望地，
它疾飛回到我心頭，
在那兒憂愁地蟄伏。

古意答客問

孤心逐浮雲之炫煒的卷舒，

慣看青空的眼喜侵閾的青蕪。
你問我的歡樂何在？
——窗頭明月枕邊書。

侵晨看嵐躑躅於山巔，
入夜聽風瑣語於花間。
你問我的靈魂安息於何處？
——看那嫋繞地、嫋繞地升上去的炊煙。

渴飲露，饑餐英；
鹿守我的夢，鳥祝我的醒。
你問我可有人間世的罣慮？
——聽那消沉下去的百代之過客的跫音。

寂寞

園中野草漸離離，
托根於我舊時的腳印，
給他們披青春的綵衣：
星下的盤桓從茲消隱。

日子過去，寂寞永存，
寄魂於離離的野草，
像那些可憐的靈魂，
長得如我一般高。

我今不復到園中去，
寂寞已如我一般高：
我夜坐聽風，晝眠聽雨，
悟得月如何缺，天如何老。

我思想

我思想，故我是蝴蝶……
萬年後小花的輕呼
透過無夢無醒的雲霧，
來振撼我斑斕的彩翼。

白蝴蝶

給什麼智慧給我，
小小的白蝴蝶，
翻開了空白之頁，
合上了空白之頁？

翻開的書頁：

寂寞；
合上的書頁：
寂寞。

獄中題壁

如果我死在這裏，
朋友啊，不要悲傷，
我會永遠地生存
在你們的心上。

我們之中的一個死了，
在日本佔領地的牢裏，
他懷着的深深仇恨，
你們應該永遠地記憶。

當你們回來，從泥土
掘起他傷損的肢體，
用你們勝利的歡呼
把他的靈魂高高揚起，

然後把他的白骨放在山峯，
曝着太陽，沐着飄風：
在那暗黑潮濕的土牢，
這曾是他唯一的美夢。

我用殘損的手掌

我用殘損的手掌
摸索這廣大的土地：
這一角已變成灰燼，

那一角只是血和泥；
這一片湖該是我的家鄉，
（春天，堤上繁花如錦障，
嫩柳枝折斷有奇異的芬芳）
我觸到荇藻和水的微涼；
這長白山的雪峯冷到徹骨，
這黃河的水夾泥沙在指間滑出；
江南的水田，你當年新生的禾草
是那麼細，那麼軟……現在只有蓬蒿；
嶺南的荔枝花寂寞地憔悴，
儘那邊，我蘸着南海沒有漁船的苦水……
無形的手掌掠過無限的江山，
手指沾了血和灰，手掌黏了陰暗，
只有那遼遠的一角依然完整，
溫暖，明朗，堅固而蓬勃生春。
在那上面，我用殘損的手掌輕撫，

像戀人的柔髮，嬰孩手中乳。
我把全部的力量運在手掌
貼在上面，寄與愛和一切希望，
因爲只有那裏是太陽，是春，
將驅逐陰暗，帶來甦生，
因爲只有那裏我們不像牲口一樣活，
螻蟻一樣死……那裏，永恆的中國！

贈內

空白的詩帖，
幸福的年歲；
因爲我苦澀的詩節，
因爲災難樹里程碑。

即使清麗的詞華

也會消失它的光鮮，
恰如你鬢邊憔悴的花
映着明媚的朱顏。

不如寂寂地過一世，
受着你光彩的薰沐，
一旦爲後人說起時，
但叫人說往昔某人最幸福。

蕭紅墓畔口占

走六小時寂寞的長途，
到你頭邊放一束紅山茶，
我等待着，長夜漫漫，
你卻臥聽着海濤閑話。

偶成

如果生命的春天重到，
古舊的凝冰都嘩嘩地解凍，
那時我會再看見燦爛的微笑，
再聽見明朗的呼喚——這些迢遙的夢。

這些好東西都決不會消失，
因爲一切好東西都永遠存在，
它們只是像冰一樣凝結，
而有一天會像花一樣重開。

李廣田

一九〇六——一九六八

流　星

一顆流星，墜落了，
隨着墜落的
有清淚。

想一個鳴蛙的夏夜，
在古老的鄉村，
誰爲你，流星正飛時，
以辮髮的青纓作結，
說要繫航海的明珠

作永好的投贈。

想一些遼遠的日子，
遼遠的，砂上的足音……

淚落在夜裏了，
像星殞，墜入林蔭
古潭底。

訪

在一座古老的客室裏，
聽邊城一聲啼鷄，
午後一時。

主人不在，

原不曾有過約言的，
壁上掛劍，
——依然一江秋夜月，
可惜已沒有起舞之意了
只夢想：遙遙的旅途，
好春天，春的細雨。

案頭梅花，
開得像一簇朝霧，
寂然的，生機一室。

但是，我還有什麼豪興：
遠行者永懷一求棲之心，
此坐也已是一歸了。

歡愁都不自知，

自在地，且舒一長息吧——
怎樣了，好花吹落無數，
哪來的一席風雨？

聽午鷄可還啼不？
珠淚花發，
眼底已盡成雲影了。

燈下

望青山而垂淚，
可惜已是歲晚了，
大漠中有倦行的駱駝
哀咽，空想像潭影而昂首。

乃自慰於一壁燈光之溫柔，

要求卜於一册古老的卷帙，
想有人在遠海的島上
佇立，正仰嘆一天星斗。

曹葆華

一九〇六——一九七八

千重

千重門外湧起了輕雷
畸零人榻上睜開夢眼
（誰的敕令，誰的活力）
萬古戰爭霎時間歇止
留下黑蟻在腳下爬動

莫向破壁上觀看山河
原始的洪水正氾濫着
怎忍聽母喚兒，兒叫爹

千年的古城一旦傾圮
攔不住風沙刮過心上

回到夢裏，兩隻芒鞋
已跨不過千萬重鐵欄
杯中水化成了滔滔大海
那得向天上招取星光
照出下界，幾顆冷淚……

紅　血

紅血飛濺在白石上
太陽駭得收起了影子
扛着十字架仍向前走
尋夢，還是要尋找自己

自己迷落在幽林裏
古塔的鐘聲指不出路
漆黑處閃出一雙眼睛
是誰，獨自哭泣着死亡

一石

一石擊破了水中天地
頭上忽飄來幾隻白鴿
一莖羽毛，兩道長虹
萬里外有人正沉思着
是夢，是曉星隕落天邊

拾起影子再走入重門
千萬個洪雷腳下停歇
半撮黃土，兩行淸淚

古崖上閃出朱紅的名字
衰老的靈魂跪地哭泣

古槐

古槐葉上滴下清涼
階前黃昏正徘徊着
喝一口苦茶，嘆一口氣
誰從牆外輕步走過
惹起多年夢中的憂思

久想浮起一隻木槎
漂向那三山外的荒島
獨自守着一斗天地
不見天上掠過彗星
照出古代寂寞的仙魂

中年白髮更稀少了
飄落在地上鏦然有聲
多少日子哭泣走過
獨在荒冷的角落裏
砌造自己晦色的墓碑

獨　坐

獨坐在千年的古刹
細聽巖下流水淙淙
醒來了，孤冷的靈魂
像在夢中掉了鑰匙
回不到永恆的山洞
一篇故事也快完了

什麼消息來自地下
天邊忽燃起一把野火
照着那白衣人走來
留下一個無形的黑字

站在

站在黑夜的山坡下
看星子拍着翅膀飛
天河裏迷失了自己
像一個夢，蘆葦叢中
有靈魂正切切私語

不必聽了，還是多年
跳不出圈子的老話
等螢火蟲照亮了蒼徑

走進倒坍的古墓門
摸取前生殘留的足跡

不必

不必去深山的古廟間
叩取神龕前一張籤票
自己不就是半粒塵埃
匐伏在千年的崖石下
遇着西北風舉起掃帚
拂到這攘攘的人寰中
忽而天上，忽而地下

不必向街頭的算命鑼
探問命運裏多少星宿
早有靈魂孤寂的影子

迤逗在生命的門限上
縱然幻象從遠處招手
持着一朵憂鬱的藍花
晴天開放，雨天凋謝

夢也

夢也向我關了門嗎

手提着三尺青鋼劍
我劈不開四周的黑影
只聽見頹坍的牆下
有老鼠磨擦着牙齒
誰的靈魂正受嚙傷

我向天空劃一個十字

我該摸過一條甬道
獨臥在幽邃的洞中
怎麼冷風從腳下吹起
搖滅了這半隻殘燭
我跪地為自己祝福

有翅膀聲在頭上飄過

黃昏

黃昏帶來一天朦朧
夢中的樓閣還未開啟
躑躅在黑夜的門前
看冷風吹打着霜葉
閃下一個個青蒼的記憶

月亮照出階上片影
頹牆下浮起八月蟲鳴
俯身拾得一粒石子
投擲在堅硬的地上
欲聽取隱隱萬里的回聲

蘇金傘 一九〇六——一九九七

窗外

窗子和我一同醒來。
外面：
馬蹄得得走過，
帶着女人的啜泣聲，
和孩子的帽鈴響。

破音的嗩吶，
嗚嗚啦啦的吹過來，
同樣令人哭泣的調子。

我辨不出是在埋人呢，
還是在娶親。

午陽
明暖的照在窗紙上。
有一個人，
靠在窗外晒暖，
窗紙上映着那蓬亂的頭髮；
身子的顫慄，
通過窗棂，
傳到我身上來。

瞎子的算命鑼，
叮叮噹噹的敲着自己淸冷的命運；
作爲觸角的竹桿，
在路兩邊不停的探索着。

我想問問明天的遭遇，
但他的眼前比我還黑，
還是讓我出來牽一牽他吧！

假如我在窗紙上戳一個小洞，
我將看見凝藍的天，
並可以放出我的思念和遐想，
像軟毛的鴿子在上面飛翔。
但我怕那可怖的眼睛
又窺進窗子來，
——那時時追尋着我的眼睛。

夜裏，
失巢的羣風，
在大街上來回的竄動着，
又在我的窗上擲着尾巴。

遠處有歌聲，
——那是一支我所喜愛的歌，
但已作了風的食物，
一個字一個字的被吞噬下去……。

我要走出來，
把那歌子搶救下；
我要發出聲音
助助威。
但我剛開開門，
就已跌進陷坑裏了。

徘徊

不會
搬一塊大石頭，

砸開緊閉的門，
進去搜尋食物；

又羞於
向人索討一粒小米，
甚而一口唾沫。

無力
一拳打走
擋住去路的傢伙，
讓同伴走過去；

又不屑
哀告他欠一欠肩膀，
或者抬一抬腿。

既沒膽量
一把撕碎牆上的佈告，
然後衝開正在圍觀的羣眾，
坦然的走開；

卻又禁不住發議論：
向一街的落葉，
向滿天的星斗。

對於味息的辨別最爲敏感，
對於方向的選擇又最爲愚笨；
覺得所有物體的排列都不對，
而又無心去移動。

於是
像一株開在山凹裏的小花，

永遠滿足於：
早晨的一點露珠，
午間從樹葉間漏下的一滴光，
晚上一場蟲聲不擾的夢。

羅大岡

一九〇九——一九九八

夜

夢在無夢的夢中
知道跋涉的重量麼

悄悄落在林外的
流星而已

當我們懷歸的時候
我們是魚

古代的行腳僧人
一一閉目而遠去

夜在盲人眼裏
蓮花遂開遍大千世界

寂滅的渴慕者與魚
仍以大海作最後的家鄉

無法投遞

無法投遞
退回原處

沒有名號的街道
唉　正小病初愈

牆是獨白，
窗是對語

下雨的晴天的漫遊
破皮鞋補了又補

一到夜深如海
細數鄰人的腳步

無法投遞
退回原處

短章爲S作

卽使夜鳥

也在大白天迷了道
霧濃倒像夢，
我在這兒給你寫這些字
我在這兒給你寫這些字
彷彿你並不存在

我無聲無息地呼喚你
在我手掌上
泅泳着你的目光

你的名字
這樣細的名字
微微轉動在我沉默的呼喚中
正如蜜蜂在它的房中
正如你的手臂

以前在我手臂中轉動

我明知道你在我身邊
我明知道你不在
眞近
也眞遠

細雨如粉似地往下灑
我在這兒給你寫這些字
你的眼睛濕了沒有

我打聽我的手指
我的頭髮
它們也許是你的手指
是你的頭髮

可是你用貓的腳步
溜撻我每一枝纖細的神經
索性就讓小船翻了
水上描有蜻蜓的側影

你的影密合在我的影上
月光上滲上月光
和我們的呼吸一般
和風的合流一般

我在這兒給你寫這些字
彷彿你並不存在

我在這兒給你寫這些字
人家許說我並沒有寫

人家說就人家說

骨灰（詩料）

一

古舊的懷念或許ロ多微辭，
落寞的詩情卻不缺少折疊。
此人曾經在遠行的天邊不甘孤獨，
萬千面目中讓他的面目漸漸消滅。

（Lyon, 1942）

二

他偏要隔岸觀火我們的火，
明知自身也在火坑裏熬煮。
要不是三千年前的那一念之差，
這時他足在菩提樹下赤身酣臥。

（差：音ㄔㄛ）

（Dakar, 1940）

三

抹我一臉泥沙又爲什麼
不饒過我這場鷄蟲得失？
深悔當年靜聽市聲如潮聲遠
遠到而今低頭說柴米油鹽。

（Evreux, 1939）

四

街上乞兒翻着白眼，
向人誇耀並無其實的舊豪華。
行腳僧人低頭去也，
卻把衆生辛酸歲月織成袈裟。

（Lyon, 1938）

五

幸喜夜深了多少花開花落都埋沒在
黑暗多少眼睛半張半合也隨他去。
你呢每回覺得有垂淚或痛哭的必要，
什麼你也祇點點頭兒連聲說是是是。

(Lyon, 1940)

六

請別撫摸我的臉用你毛森森的手掌呵夜！
我熟悉你的重門疊戶你有千層百合的心。
罪過罪過容我背負你的一切祕密像駱駝：
深怕世上還有一人二人在遠方爲我受苦。

(Lyon, 1940)

七

秋來先病倒的是院裏的涼棚，
一連幾宵雨水漣漣沿繩子滴：
匠人猴似地從架上卸盡殘蓆，
終於剩下一副瘦骨撐着靑空。

（北平，一九三一）

八

二十年來不曾走到的小院子，
夢中一夜蓋滿了婆娑的樹葉
正想重尋樹幹上你刻的名字，
唉，樹葉蕭蕭淋我一身雨滴。

（北平，一九三一）

九

草木之間風雨老有不盡之意；
噙着淚重新織網的蜘蛛，

我們過往的歲月蛇一般冷落，
腐葉堆中蜒蜿着不肯死。

(Paris, 1938)

一〇

海風窮吹裤襠多重的皮鼓
飄也上了白雲顚簸許不免。
隨他們去了強姦世事浪裏破船帆；
揮淚誰在海上千年亘龜背斑斑？

(南非，一九四〇)

一一

一個活人的記憶
總拖着一兩條死人或半死人。
死人呢
這麼愚蠢他們倒許不至於。

(Lyon, 1941)

一二

雨中漫步的柔和令人忘卻路的遠近。
雨永遠唱着幽綠色的曲子請別撐傘，
撐傘你道是可以掩飾眉目間的隱憂？
可是雨一絲絲照樣滲透你的心肺。

(Paris, 1938)

一三

大海可並不刻意磨滅它的心迹，
試讀沙灘上巡禮者縱橫的腳印。
不含明珠的老蚌含大海的眞諦，
而你我的相思正是海的宿命論。

(Pointe-Noire, 1940)

一四

我是個無能的風景畫家：
山水之間最怕點染人物。
人物？
白雲深處如何勾出老人髮白？

(Paris, 1938)

一五

白天徒然把耳朵貼在收音箱上，
夜裏何從設想半空中長波短波？
三十三天碧落和雲羅如何
印證他來時雨雪去時風沙？

(Magger, 1942)

一六

老春靜悄悄跨着道旁瘦狗回了娘家。
有什麼不甘心抛撇這身浮世的泥沙？
十年百年也無非季節無非落花，
有緣的請來我墳上奠一杯清茶。

(Lyon, 1940)

卞之琳

一九一〇——二〇〇〇

中南海

聽市聲遠了，像江潮
環抱在孤山的腳下，
隱隱的，隱隱的，
比不上
滿地的蟲聲像雨聲
更比不上
滿湖荷葉上的雨聲像風聲，
——啊，輕輕的，輕輕的，
蘆葉上湧來了秋風了！

我不學沉入回想的癡兒女
坐在長椅上
惋惜身旁空了的位置，
可是總覺得丟了什麼了，
到底丟了什麼呢，
丟了什麼呢？
我要問你鐘聲啊，
你彷彿微雲，沉一沉，
蕩過天邊去。

古鎭的夢

小鎭上有兩種聲音
一樣的寂寥：
白天是算命鑼，

夜裏是梆子。
敲不破別人的夢，
做着夢似的
瞎子在街上走，
一步又一步。
他知道哪一塊石頭低，
哪一塊石頭高，
哪一家姑娘有多大年紀。

敲沉了別人的夢
做着夢似的
更夫在街上走，
一步又一步。
他知道哪一塊石頭低，
哪一塊石頭高，

哪一家門戶關得最嚴密。

「三更了，你聽哪，
毛兒的爸爸，①
這小子吵得人睡不成覺，
老在夢裏哭，
明天替他算算命吧？」

是深夜，
又是清冷的下午：
敲梆的過橋，
敲鑼的又過橋，
不斷的是橋下流水的聲音。

①：戲用廢名早期短篇小說的一個篇名。

秋窗

像一個中年人
回頭看過去的足跡
一步一沙漠，
從亂夢中醒來，
聽半天晚鴉。

看夕陽在灰牆上，
想一個初期肺病者
對暮色蒼茫的古鏡
夢想少年的紅暈。

入夢

設想你自己在小病中
（在秋天的下午）
望着玻璃窗片上

春城

灰灰的天與疏疏的樹影，
枕着一個遠去了的人
留下來的舊枕，
想着枕上依稀認得清的
淡淡的湖山
彷彿舊主的舊夢的遺痕，
彷彿風流雲散的
舊友的渺茫的行蹤，
彷彿往事在褪色的素箋上
正如歷史的陳迹在燈下
老人面前黃昏的古書中……
你不會迷失嗎
在夢中的煙水？

北京城：垃圾堆上放風箏，
描一隻花蝴蝶，描一隻鷂鷹
在馬德里蔚藍的天心，
天如海，可惜也望不見您哪
京都！——

倒楣！又洗了一個灰土澡，
汽車，你游在淺水裏，眞是的，
還給我開什麼玩笑？

對不住，這實在沒有什麼；
那才是胡鬧（可恨可恨：：）
黃毛風攪弄大香爐，
一爐千年的陳灰
飛，飛，飛，飛，飛，
飛出了馬，飛出了狼，飛出了虎，

滿街跑，滿街滾，滿街號，
撲到你的窗口，噴你一口，
撲到你的屋角，打落一角，
一角琉璃瓦吧？——

「好傢伙！眞嚇壞了我，倒不是，
一枚炸彈——哈哈哈哈！」
「眞舒服，春夢做得够香了不是？
拉不到人就在車磴上歇午覺，
幸虧瓦片兒倒還有眼睛。」
「鳥矢兒也有眼睛——哈哈哈哈。」

哈哈哈哈，有什麼好笑，
歇思底里，懂不懂？歇思底里！
悲哉，悲哉！
眞悲哉，小孩子也學老頭子，

別看他人小，垃圾堆上放風箏，
他也會「想起了當年事……」
悲哉，聽滿城的古木
徒然的大呼，
呼啊，呼啊，呼啊，
歸去也，歸去也，
故都，故都奈若何！……

我是一只斷線的風箏，
碰到了怎能不依戀柳梢頭，
你是我的家，我的墳，
要看你飛花，飛滿城，
讓我的形容一天天消瘦。

那才是胡調，對不住；且看
北京城：垃圾堆上放風箏。

昨兒天氣才眞是糟呢，
老方到春來就怨天，昨兒更罵天
黃黃的壓在頭上像大墳，
老崔說看來勢眞有點不祥，你看
漫天的土吧，說不定一夜睡了
就從此不見天日，要待多少年後
後世人的發掘吧，可是
今兒天氣才眞是好呢，
看街上花樹也坐了獨輪車游春，
春完了又可以紅紗燈下看牡丹。
（他們這時候正看櫻花吧？）
天上是鴿鈴聲——
藍天白鴿，渺無飛機，
飛機看景致，我告訴你，
決不忍向琉璃瓦下蛋也……

北京城：垃圾堆上放風箏。

距離的組織

想獨上高樓讀一遍「羅馬衰亡史」，
忽有羅馬滅亡星出現在報上。
報紙落。地圖開，因想起遠人的囑咐。
寄來的風景也暮色蒼茫了。
（醒來天欲暮，無聊，一訪友人吧。）
灰色的天。灰色的海。灰色的路。
哪兒了？我又不會向燈下驗一把土。
忽聽得一千重門外有自己的名字。
好累呵！我的盆舟沒有人戲弄嗎？
友人帶來了雪意和五點鐘。

第二行，一九三四年十二月二十六日「大公報・國際新聞」倫敦二十五日路透電：「兩星期前索佛克業餘天文學者發現北方大力星座中出現一新星，茲據哈華德觀象台紀稱，近兩日內該星異常光明，估計約距地球一千五百光年，故其爆炸而致突然燦爛，當遠在羅馬帝國傾覆之時，直到今日，其光始傳到地球云。」

第五行，本行為來訪友人來時口裡說的，或心裡說的話。

第七行，一九三四年十二月二十八日「大公報・史地周刊」王同春開發河套，訊：「夜中馳驅曠野，偶然不辨在什麼地方，只消抓一把土向燈一瞧就知道到了那裡了。」

第九行，「聊齋誌異・白蓮教」：「白蓮教某者山西人也，忘其姓名，某一日，將他往，堂上置一盆，又一盆覆之，囑門人坐守，戒勿啟視。去後，門人啟之。視盆貯清水，水上編草為舟，帆檣具焉。異而撥以指，隨手傾側，急扶如故，仍覆之。俄而師來，怒責：『何違吾命！』門人力白其無。師曰：『適海中舟覆，何得欺我！』」

尺八

像候鳥銜來了異方的種子，
三桅船載來了一枝尺八，
從夕陽裏，從海西頭。
長安丸載來的海西客
夜半聽樓下醉漢的尺八，
想一個孤館寄居的番客
聽了雁聲，動了鄉愁，
得了慰藉於鄰家的尺八，
次朝在長安市的繁華裏
獨訪取一枝淒涼的竹管……
（爲什麼霓虹燈的萬花間
還飄着一縷淒涼的古香？）
歸去也，歸去也，歸去也——

像候鳥銜來了異方的種子，
三桅船載來了一枝尺八，
尺八乃成了三島的花草。
（爲什麼霓虹燈的萬花間
還飄着一縷凄涼的古香？）
歸去也，歸去也，歸去也——
海西人想帶回失去的悲哀嗎？

圓寶盒

我幻想在哪兒（天河裏？）
撈到了一只圓寶盒，
裝的是幾顆珍珠：
一顆晶瑩的水銀
掩有全世界的色相，
一顆金黃的燈火

籠罩有一場華宴，
一顆新鮮的雨點
含有你昨夜的嘆氣……
別上什麼鐘錶店
聽你的青春被蠶食，
別上什麼骨董鋪
買你家祖父的舊擺設。
你看我的圓寶盒
跟了我的船順流
而行了，雖然艙裏人
永遠在藍天的懷裏，
雖然你們的握手
是橋——是橋！可是橋
也搭在我的圓寶盒裏；
而我的圓寶盒在你們
或他們也許也就是

好掛在耳邊的一顆
珍珠——寶石？——星？

斷章

你站在橋上看風景，
看風景人在樓上看你。

明月裝飾了你的窗子，
你裝飾了別人的夢。

音塵

綠衣人熟稔的按門鈴
就按在住戶的心上：
是游過黃海來的魚？

是飛過西伯利亞來的雁？
「翻開地圖看，」遠人說。
他指示我他所在的地方
是那條虛線旁那個小黑點。
如果那是金黃的一點，
如果我的坐椅是泰山頂，
在月夜，我要猜你那兒
準是一個孤獨的火車站。
然而我正對一本歷史書。
西望夕陽裏的咸陽古道，
我等到了一匹快馬的蹄聲。

候鳥問題

多少個院落多少塊藍天
你們去分吧。我要走。

讓白鴿帶鈴在頭頂上繞三圈——
可是駱駝鈴遠了，你聽。
抽陀螺挽你，放風箏牽你，
叫紙鷹、紙燕、紙雄鷄三隻四隻
飛上天——上天可是迎南來雁？
而且我可是哪些孩子們的玩具？
且上圖書館借一本「候鳥問題」。
且說你贊成呢還是反對
飛機不得經市空的新禁令？
我的思緒像小蜘蛛騎的游絲
繫我適足以飄我。我要走。
等到了別處以後再管吧：
多少個院落多少塊藍天？
我豈能長如絕望的無線電
空在屋頂上伸着兩臂
抓不到想要的遠方的音波！

無題一

三日前山中的一道小水，
掠過你一絲笑影而去的，
今朝你重見了，揉揉眼睛看
屋前屋後好一片春潮。

百轉千迴都不跟你講，
水有愁，水自哀，水願意載你。
你的船呢？船呢？下樓去！
南村外一夜裏開齊了杏花。

無題四

隔江泥銜到你梁上，

隔院泉挑到你杯裏，
海外的奢侈品舶來你胸前：
我想要研究交通史。

昨夜付一片輕喟，
今朝收兩朵微笑，
付一枝鏡花，收一輪水月……
我爲你記下流水賬。

白螺殼

空靈的白螺殼，你，
孔眼裏不留纖塵，
漏到了我的手裏
卻有一千種感情：
掌心裏波濤洶湧，

我感嘆你的神工，
你的慧心啊，大海，
你細到可以穿珠！
我也不禁要驚呼：
你這個潔癖啊，唉！

請看這一湖煙雨
水一樣把我浸透，
像浸透一片鳥羽。
我彷彿一所小樓，
風穿過，柳絮穿過，
燕子穿過像穿梭，
樓中也許有珍本，
書葉給銀魚穿織，
從愛字通到哀字——
出脫空華不就成！

玲瓏嗎，白螺殼，我？
大海送我到海灘，
萬一落到人掌握，
願得原始人喜歡：
換一隻山羊還差
三十分之二十八；
倒是值一隻蟠桃。
怕叫多思者想起：
空靈的白螺殼，你
捲起了我的愁潮——

我夢見你的闌珊：
簷溜滴穿的石階，
繩子鋸缺的井欄……
時間磨透於忍耐！

黃色還諸小鷄雛，
青色還諸小碧梧，
玫瑰色還諸玫瑰，
可是你回顧道旁，
柔嫩的薔薇刺上
還掛着你的宿淚。

艾　青

一九一〇——一九九六

雪落在中國的土地上

雪落在中國的土地上，
寒冷在封鎖着中國呀……

風，
像一個太悲哀了的老婦，
緊緊地跟隨着
伸出寒冷的指爪
拉扯着行人的衣襟，
用着像土地一樣古老的話

一刻也不停地絮聒着……

那從林間出現的，
趕着馬車的
你中國的農夫
戴着皮帽
冒着大雪
你要到哪兒去呢？

告訴你
我也是農人的後裔——
由於你們的
刻滿了痛苦的皺紋的臉
我能如此深深地
知道了
生活在草原上的人們的

歲月的艱辛。

而我
也並不比你們快樂啊
——躺在時間的河流上
苦難的浪濤
曾經幾次把我吞沒而又捲起——
流浪與監禁
已失去了我的青春的
最可貴的日子，
我的生命
也像你們的生命
一樣的憔悴呀

雪落在中國的土地上，
寒冷在封鎖着中國呀……

沿着雪夜的河流，
一盞小油燈在徐緩地移行，
那破爛的烏篷船裏
映着燈光，垂着頭
坐着的是誰呀？

——啊，你
蓬髮垢面的少婦，
是不是
你的家
——那幸福與溫暖的巢穴——
已被暴戾的敵人
燒燬了麼？
是不是
也像這樣的夜間

失去了男人的保護，
在死亡的恐怖裏
你已經受盡敵人刺刀的戲弄？

咳，就在如此寒冷的今夜，
無數的
我們的年老的母親，
都蜷伏在不是自己的家裏，
就像異邦人
不知明天的車輪
要滾上怎樣的路程……
——而且
中國的路
是如此的崎嶇
是如此的泥濘呀。

雪落在中國的土地上，
寒冷在封鎖着中國呀……

透過雪夜的草原
那些被烽火所嚙啃着的地域，
無數的，土地的墾植者
失去了他們的飼養的家畜
失去了他們肥沃的田地
擠擁在
生活的絕望的汚巷裏：
饑饉的大地
朝向陰暗的天
伸出乞援的
顫抖着的兩臂。

中國的苦痛與災難

像這雪夜一樣廣闊而又漫長呀！

雪落在中國的土地上，
寒冷在封鎖着中國呀……

中國，
我的在沒有燈光的晚上
所寫的無力的詩句
能給你些許的溫暖麼？

火把（選）

一　邀

「唐尼　時候到了
快點吧」

「李茵
你坐下
我梳一梳頭
換一換衣
………
看我的頭髮
這麼亂
　我的梳子
哪兒去了？」

「你的梳子
剛纔我看見的
它夾在『靜靜的頓河』裏」

「啊　頭髮都打了結
以後我總不再打籃球了

……今天下午
我沿着那小河回來
看見河邊擱着
一個淹死了的傷兵
脹着肚子沒有人去理會
……今天我一定要倒楣」

「唐尼　時候到了
快點吧」

「好，你別急
我換一換衣
——這制服又忘了燙
算了吧
反正在晚上

……李茵
你看我又胖了
這衣服眞太緊
差點兒要掙破
前年在漢口
我也穿了這制服
參加遊行的」

「快點吧　時候到了
別再說話」

「李茵　你眞急
我還要擦一擦臉
這油光眞討厭——」

「你跑那邊去找什麼

找什麼？　唐尼！
　你的粉盒
　　壓在『大眾哲學』上
　你的口紅
　　躺在『論新階段』一起。」

「李茵」

「快點吧　唐尼
七點三刻了」

「好
我穿好鞋子馬上跑
到八點集合
來得及」

「我的鞋拔呢？」

「在你哥哥的照像的旁邊」

「啊　哥哥
假如你還活着
今晚上
你該多麼快活！」

「唐尼
今晚上
你眞美麗」

「李茵　你再說我不去了」

「你不去也好

留在家裏可以睡覺」

「好了。走吧。
媽　你來把門閂上
今晚上
我很遲纔回來」

（一個老邁的聲音從裏面傳出）
「尼尼　孩子
今晚上天很黑
別忘了帶電筒」

「不要，媽
今晚上
我帶火把回來」

林庚

一九一〇—

朦朧

常聽見有小孩的腳步聲向我跑來
中止於一霎突然的寂寞裏
春天如水的幽明
遂有一切之倒影

薄暮朦朧處
兩排綠樹下的路上
是有個不可知的希望在飛嗎
是的，有一隻黑色的蜻蜓

飛入冥冥的草中了

雨來

燕子在雲下高飛
偷偷的商議什麼
高樹上自有遠來的風
吹着

琴上的弦忽然斷了
收拾起來吧
期待着什麼？捨不得

灰色的心
偎在母親的懷裏
輕輕的

沒有了笑聲
高樹上自有遠來的風
吹着

滴答
小孩的腳步響
又似乎問一聲
沒有回答
是誰在院外敲門？
問，大家不言語
你沉默
這時窗外乃有雨絲的斜線
急快落下

夜談

濃雲悄悄的十五夜
安靜的院落
老年家人談着往事
仍有二十世紀初葉
自己所不知道的
漸淡了裊裊的蚊香
追想宋元堂閣之陳設

五族共和還覺得新鮮以前
古樸的氣息
紫禁城紅門的自信
共數次的希望而衰竭！
鄉閭迎神賽會
仍練着大刀
作關公赴會的村戲
漸有革命的歌聲

東洋車的皮輪輾過
日影明暗着
永遠的，永遠忘不了的事

城中灰色的營幕
八國兵士踐踏中
埋在土裏的元寶不見了
柏油路上馬蹄聲
非復中國人之心目

欲春之夜

北斗明靜的冷清中
獨自的長橋上
星子的神祕與兩面的湖水
拍着夜深同去

隨手指着北極星
隱約的有燈一閃不見了
轉入了林中的梆子響
打出湖上的風聲水聲來

散文詩

甘草味的散文詩
散在秋原的氣氛中的
昨夜甜蜜的富於顏色性的夢
渲染了那已忘掉的事情了
在一個多憶的枕畔，那是一件禮物
多麼多情的溫柔的情誼啊
爲了富於顏色性的
秋深，我曾寫過無數行的詩嗎
秋原中的甘草味

蔓生了枕畔的相思草

斗室

屋子裏一盞燈開始了遙夜
主人有臂椅與上好的煙葉
而春雨如遠客也來到窗前
春光乃飄飄的更無所憑藉

陳夢家

一九一一——一九六六

雁子

我愛秋天的雁子
　終夜不知疲倦；
（像是囑咐，像是答應）
一邊叫，一邊飛遠。

從來不問他的歌
　留在那片雲上？
祇管唱過，祇管飛揚，
黑的天，輕的翅膀。

我情願是隻雁子
一切都使忘記——
當我提起，當我想到：
不是恨，不是歡喜。

西山

多少白皮松的蕭蕭，
多少雲紗掛住松梢？
多少山泉流的幽悄，
山下的駝鈴，有多少？

誰信雲紗還送羊羣
踩着松梢下山？誰信
今夜遠遠的駱駝鈴

在十七的月下，像星？

過當塗河

我想像十四的月光，
如何掛在古渡的危塔上。——
你看罷，檣尾的「五兩」，
垂下了落濕的翅膀，
「那裏飛，那裏飛？」它不敢喊，
從東岸能望到西岸。

小小的「五兩」在我們頭上：
我們看走去的一把傘，
我們看走去的一條岸，
我們看米襄陽的煙山——
雨落在當塗河上。

鷗外鷗

一九一一—

和平的礎石

——香港的照像册

東方國境的最前線的交界碑！
太平山的巔上樹立了最初歐羅巴的旗
SIR FRANCE HENRY MAY
從此以手支住了腮了。
香港總督的一人。
思慮着什麼呢？
憂愁着什麼的樣子。

向住了遠方
不敢說出他的名字，
金屬了的總督。
是否懷疑巍巍高聳在亞洲風雲下的
休戰紀念坊呢。
奠和平的礎石於此地嗎？
那樣想着而不瞑目的總督，
日夕踞坐在花崗石上永久地支着腮
腮與指之間
生上了銅綠的苔蘚了——
在他的面前的港內，
下碇着大不列顛的鷹號母艦和潛艇母艦美德威號
生了根的樹一樣的。
肺病的海空上
夜夜交錯着探照燈的X光
縱橫着假想敵的飛行機，

銀的翅膀
白金的翅膀。

手永遠支住了腮的總督，
何時可把手放下來呢？
那隻金屬了的手。

被開墾的處女地

——桂林的裸體畫

山
山
山
東面望一望
東面一帶

山
山
山
西面望一望
西面一帶
山
山
山
南面望一望
北面望一望
都是山
又是山
山呵
山呵

山呵
屋前屋後都是山
窗外門外都是山
街頭巷尾又是山
四周圍都站着突兀的山
駱駝的背的山
重重叠叠
包圍住了四十萬人的桂林
狼犬的齒的尖銳的山呵
這自然的牆
展開了環形之陣
繞住了未開墾的處女地
原始的城
向外來的現代的一切陌生的來客

四方八面舉起了一雙雙拒絕的手擋住
但舉起的一個個的手指的山
也有指隙的啦
無隙不入的外來的現代的文物
都在不知覺的隙縫中閃身進來了
山動了原野動了　林木動了　河川動了
宇宙星辰的天空也動了
他們乘坐了列車轟隆轟隆的來了
舉起了鐵鋤了
播下了種子了
開墾這未開墾的處女地了
携帶着黃得可愛的加州水果也有
携帶着黑得可怕的印度植物的也有
注意呵
看彼等埋下來的是現代文明的善抑或惡吧

何其芳

一九一二——一九七七

預言

這一個心跳的日子終於來臨！
呵，你夜的嘆息似的漸近的足音，
我聽得清不是林葉和夜風私語，
麋鹿馳過苔徑的細碎的蹏聲！
告訴我，用你銀鈴的歌聲告訴我，
你是不是預言中的年輕的神？

你一定來自溫郁的南方！
告訴我那兒的月色，那兒的日光！

告訴我春風是怎樣吹開百花，
燕子是怎樣癡戀着綠楊！
我將合眼睡在你如夢的歌聲裏，
那溫暖我似乎記得又似乎遺忘。

請停下，停下你長途的奔波，
進來，這兒有虎皮的褥你坐！
讓我燒起每一秋天拾來的落葉，
聽我低低唱起我自己的歌！
那歌聲將火光樣沉鬱又高揚，
火光樣將落葉的一生訴說。

不要前行！前面是無邊的森林；
古老的樹現着野獸身上的斑文，
半生半死的籐蟒蛇樣交纏着，
密葉裏漏不下一顆星。

你將怯怯地不敢放下第二步，
當你聽見了第一步空寥的回聲。

一定要走嗎，請等我和你同行！
我的足知道每條平安的路徑，
我將不停地唱着忘倦的歌，
再給你，再給你手的溫存！
當夜的濃黑遮斷了我們，
你可不轉眼地望着我的眼睛！

我激動的歌聲你竟不聽，
你的足竟不爲我的顫抖暫停！
像靜穆的微風飄過這黃昏裏，
消失了，消失了你驕傲的足音！
呵，你終於如預言中所說的無語而來，
無語而去了嗎，年青的神？

歲暮懷人（二）

當枯黃的松果落下，
低飛的鳥翅作聲。
你停止了林子裏的獨步；
當水冷魚隱，
塘中飄着你寂寞的釣絲；
當冬季的白霧封了你的窗子：
長久隱遁在病裏，
還掛念你北方的舊居嗎？

在屋角的舊籐椅裏，
在牆角的陰影裏，
曾藏庇過我許多煩憂：
那時我常有煩憂，

你常有溫和的沉默，
窗子上舊敝的冷布間
常有壁虎抽着灰色的腿。
外面是院子，
啄木鳥的聲音枯寂地顫慄地
從槐樹的細葉間漏下，漏下，
你問我喜歡那聲音不，
若是現在，我一定說喜歡了。

西風裏換了毛的駱駝羣
舉起四蹄的沉重
又輕輕踏下，
街上已有一層薄霜。

夢

生怯的手
放一束花在我案上，
那是最易凋謝的花了，
金色的足印散在地上，
生怯的愛情來訪
又去了。

昨夜竹葉滿窗，
寒風中攜你同歸，
紹介於我家人之前，
爐火照紅了你的羞澀。
（你們的名字照亮了
夢中的幽暗。）

輕易送人南去，
車行後月白天高，
今晚翻似送走了自己。

在風沙的國土裏，
是因爲一個寂寞的意念嗎，
始知珍愛自己的足跡。

風沙日

想這時湖水
正翻着黑色的浪，
風掠過灰瓦的屋頂，
黃瓦的屋頂，
大街上沙土旋轉着
像輪子，遠遠地郊外
一乘古式騾車在半途
停頓，四野沒有人家……

四個牆壁使我孤獨。

今天我的牆壁更厚了
一層層風一層層沙。

「今夜北風像波濤聲，
搖撼着我們的小屋子
像船，我寂寞的旅伴，
你厭倦了這長長的旅程嗎？
我們是往熱帶去，
那兒我們將變成植物，
我是常春籐
而你是高大的菩提樹。」

黃昏。我輕輕開了
我的燈，開了我的書，
開了我的記憶像錦匣。

古城

有客從塞外歸來
說長城像一大隊奔馬
正當舉頸怒號時變成石頭了。
（受了誰的魔法，誰的詛咒，）
蹄下的衰草年年抽新芽，
古代單于的靈魂已安睡在
胡沙裏，遠戍的白骨也沒有怨嗟……
但長城攔不住胡沙
和着塞外的大漠風
吹來這古城中，
吹湖水成冰，樹木搖落，
搖落浪遊人的心。

深夜踏過白石橋
去摸太液池邊的白石碑，
（月光在摸碑上的朱字，）
以後逢人便問人字柳
到底在哪兒呢，無人理會。
悲這是故國遂欲走了
又停留，想眼前突兀有一座高樓，
在危闌上凭倚……

　　墜下地了
黃色的槐花，傷感的淚。
邯鄲逆旅的枕頭上
一個陰暗的短夢
使我嘗盡了一生的哀樂，
聽驚怯的門戶闢閉，
留下長長的冷夜凝結

在地殼上，地殼早已僵死了，
僅存一條微顫的靜脈，
間或，遠遠的鐵軌的震動。

逃啊，逃到更荒涼的城中
黃昏上廢圮的城堞遠望，
更加局促於這北方的天地。
說是平地裏一聲雷響，
泰山：纏上雲霧間的十八盤
也像是絕望的姿勢，絕望的叫喊，
（受了誰的詛咒，誰的魔法，）
望不見落日裏黃河的船帆，
望不見海上的三神山……

悲世界如此狹小又逃回
這古城：風又吹湖冰成水，

長夏裏古柏樹下
又有人圍着桌子喝茶。

夜　景（二）

下弦夜的藍霧裏。
（你若不是這城中的陌生客，
會在街上招呼錯了人。）

馬蹄聲孤寂欲絕，
停在剝落的朱門前。
一半輪澹黃的燈光下，
有怯弱的手自啟車門，
放下一個黑影子，
又摸到門上的銅環。
兩聲怯弱的叩響。

（你猜想他未定的命運吧：
也許是一個浪子，
擲掉了半生的歡樂，
垂老回到他衰落的門庭。
也許是一個奮臂的壯遊者，
窮老無歸，乃頹然
遠道投奔他僅存的親人。）
又兩聲較高的銅環響，
迫問門內悽異的沉默。
（你恐懼那未定的命運嗎？）
遲遲的乃有一聲憤怒的驚訝，
剝落的朱門開了半扉，
放進那黑影子，又關了。
（把你關在世界以外了。
你像走入一個離奇的地域
又茫然無所知的走出了。）

馬蹄聲孤寂遼遠……
（你現在知道了爲什麼
黃昏時鳥雀就忙着翅膀飛：
是怕天黑盡了在樹林裏
找錯了它們的巢。）

初夏

綠葉牽滿你屋簷下，
長腳蜂在尋它的舊巢，
那是初夏嗎？郊遊的歸途上
一片白水誤認是河流，
到疏聳的林木下去徙倚，
想起故鄉，故鄉的漁船……
眞送你走了，讓火車載着

瘦弱的你去過黃河鐵橋。

已幾個初夏了。檢點衣衫
曾濕過隔年的故鄉雨，
失悔竟沒有去看你的病，
看你屋側的塘，看你的釣竿。
我在家裏作了一點遠方客，
匆忙的遠方客，沒有在木窗下
追思那些消逝的童時，
沒有在廢樓的蛛絲塵裏
發掘缺足的小臂椅，
沒有去看我少年時的朋友
（睡在墓裏已五年了，）
常愛墓前掛劍的古人，
但竟沒有去說點異鄉景物
與他聽就走了，回來了。

黃昏瞑坐在靠背椅上
想賣草鞋的老人坐在架上
（清早對於他也像日暮）
看門前長長的石板路：
多少人來了又去了，
多少人穿着他手編的草鞋
到城裏買布，山裏販藥材。
他記得白蓮教的造反，
記得從前的銅錢用繩子穿，
留着白了又脫髮的小辮子，
嘲笑時間的遷移，世界的變，
過路人說他越老越強健
像棵樹，他自己明白快倒下了……

想我就是那故事裏的老人，

無論是黃昏還是清早
瞑坐在窗前的靠背椅上。

你該來邀我出去走走了，
若是這時仍同在會館裏。
我也邀自己到深深的樹林裏
去洗一洗滿身的塵土，
但北方的園子裏沒有深林，
而且：「勞駕，哪兒是櫻花呢？」
「早謝了，先生，你來晚了。」

砌蟲

聽是冷砌間草在顫抖，
聽是白露滾在苔上輕碎，
垂老的豪俠子徹夜無眠，

空憶碗邊的骰子聲，
與歌時擊缺的玉唾壺。

是呵，我是南冠的楚囚，
慣作楚吟：一葉落而天下秋
撐起我底風帆，我底翅，
穿過日光穿過細雨霧
去煙波間追水鳥底陶醉。

但何處是我浩蕩的大江，
浩蕩，空想銀河落自天上？
不敢開門看滿院的霜月，
更心怯於破曉的鷄啼：
一夜的蟲聲使我頭白。

枕與其鑰匙

「滄浪之水清兮，」有人唱，
「捲梧桐葉以爲杯，
一飲遂喪失了記憶。」

我不問誰的夢像草頭露
作了我一夜的墓：
最怕月曉風清欲墜時，
失落了墓門的鑰匙。

有人把枕當作仙人袖：
在袖內的壁上題着惜別字。
我不問從誰的夢裏醒來，
自歎我的悲哀明淨

如輕舟，不載一滴淚水。

成都，讓我把你搖醒

的確有一個大而熱鬧的北京，
然而我的北京又小又幽靜的。

愛羅先珂

一

成都又荒涼又小，
又像度過了無數荒唐的夜的人
在睡着覺，
雖然也曾有過遊行的火炬的燃燒，
雖然也曾有過淒厲的警報，

雖然一船一船的孩子
從各個戰區運到重慶，
只剩下國家是他們的父母，
雖然敵人無晝無夜地轟炸着
廣州，我們僅存的海上的門戶，
雖然連綿萬里的新的長城
是前線兵士的血肉。
我不能不像愛羅先珂一樣
悲哀地嘆息了：
成都雖然睡着，
卻並非使人能睡的地方。

而且這並非使人能睡的時代。
這時代使我想大聲地笑，
又大聲地叫喊，

而成都卻使我寂寞，
使我寂寞地想着馬雅可夫斯基
對葉賽寧的自殺的非難：
「死是容易的，
活着卻更難。」

二

從前在北方我這樣歌唱：

「北方，你這風癱了多年的手膀，
強盜的拳頭已經打到了你的關節上，
你還不重重地還他幾耳光？

「北方，我要離開你，回到家鄉，
因爲在你僵硬的原野上，
快樂是這樣少

而冬天卻這樣長。」

於是馬哥孛羅橋的炮聲響了，
風癱了多年的手膀
也高高地舉起戰旗反抗，
於是敵人搶去了我們的北平，上海，南京，
無數的城市在他的蹂躪之下呻吟，
於是誰都忘記了個人的哀樂，
全國的人民連接成一條鋼的鏈索。

在長長的鋼的鏈索間
我是極其渺小的一環，
然而我像最強頑的那樣強頑。

我像盲人的眼睛終於睜開，
從黑暗的深處看見光明，

那巨大的光明呵，
向我走來，
向我的國家走來……

三

然而我在成都，
這裏有享樂，懶惰的風氣，
和羅馬衰亡時代一樣講究着美食，
而且因爲污穢，陳腐，罪惡
把它無所不包的肚子裝飽，
它在陽光燦爛的早晨還在睡覺，

雖然也曾有過遊行的火炬的燃燒，
雖然也曾有過淒厲的警報。

讓我打開你的窗子，你的門，

成都，讓我把你搖醒，
在這陽光燦爛的早晨！

辛笛 一九一二——

生涯

獨自的時候
無端哭醒了；
哭並沒有流淚。
夜夜做不完的夢
只落得永遠畫不就的圓圈。
窗外瑣瑣的聲音，
從前聽人說
是夜來的繁露，
如今生涯叫我相信

是春天草長呢。

航

帆起了
帆向落日的去處
明淨與古老
風帆吻着暗色的水
有如黑蝶與白蝶

明月照在當頭
青色的蛇
弄着銀色的明珠
桅上的人語
風吹過來
水手問起雨和星辰

從日到夜
從夜到日
我們航不出這圓圈
後一個圓
前一個圓
一個永恆
而無涯涘的圓圈

將生命的茫茫
脫卸與茫茫的煙水

冬夜

安坐在紅火的爐前，
木器的光澤誑我說一個嬌羞的臉；

撫摩着褪了色的花緞，
黑貓低微地呼喚。

百葉窗放進夜氣的清新，
長廊柱下星近；
想念溫暖外的風塵，
今夜的更聲打着了多少行人。

Farewell

該是去的時候去了
沒有淚也沒有嘆息
來去的時候
山河多使我沉鬱
昏燈行徑的管絃語
牧場上乾草的香氣

星光下潮水漲滿了前溪
皆將爲我作一幅無畫的畫帖
樓前那一列白楊
人家說在月明的夜裏落雨
一天從天外歸來
將見它高與天齊
但不知我這個四年的主人
會不會有他的愁苦
聽黎明的笳吹
吹起西山的顏色

二月

「HT，你喜歡家嗎
——隔院的花開過了牆。」
但我更愛北國春日之遲遲，

看高風下，
暈了酒的月亮安心。
你知道，
當輕馬車輕碾着柳絮的時候，
我將是一個御者，
載去我的，或是你的，
一簑風，一簑雨。
「是的，朋友，二月雨如絲，
——二月的好天氣」

丁香、燈和夜

今夜第一次
我驚見燈下
我的樹高且大了
花的天氣裏夜的白色

映照中一個裙帶的柔和
今夜第一次
我試着由廊下探首窗間
綠窗有無聲息
獨自爲主人
描一個輕鴿的夢嗎

垂死的城

主人有意安享靜好的小居
然而不願待見落葉紛紛
徑自與這垂死的城相別
與最後的聲音顏色相別
是的，這裏有溫馨的友人
風沙的遊戲　工作的愉快
窗下有花和一些醉酒的地方

但他想，風景與人物都會因空氣的腐朽而變的
暴風雨前這一刻歷史性的寧靜
呼吸着這一份行客的深心
呵，是誰
是誰來點起古羅馬的火光
開懷笑一次燒死尼祿的笑——
海上夜明的時候
他會輕輕地掩起了窗扉
抱住那深閉長垂的帷幙
像是抱住了今日之記憶
去了
遠了
死之後何來永生之嘆
「朋友，你要堅強」
——在沉沉睡了的茫茫夜
無月無星

獨醒者與他的燈無語無言
陰濕的四壁以暗啞的回聲說
從今不再是貝什的珠淚
遺落在此城中

挽　歌

船橫在河上
無人問起渡者
天上的燈火
河上的寥闊

風吹草綠
吹動智慧的影子
智慧是用水寫成的
聲音自草中來
懷取你的名字

前程是「忘水」
相送且兼以相娛
——看一枝蘆葦

秋天的下午

陽光如一幅幅裂帛
玻璃上映着寒白遠江
那纖纖的
昆蟲的手　昆蟲的腳
又該黏起了多少寒冷
——年光之漸去

十月小唱

聽遠來的歌罷

敲擊爐邊的火箸
今夜的心　夜夜的期待
歲與日同暮

林中有爛葉的泥土
冬天在路上
窗外是濕了草地的光
十月的雨如箭

再見，藍馬店

走了
藍馬店的主人和我說
——送你送你
待我來舉起燈火

看門上你的影子我的影子
看板橋一夜之多霜

飄落罷
這夜風　這星光的來路
馬仰首而嚙垂條
是白露的秋天
他不知不是透明的葡萄
雞啼了
但陽光並沒有來
瑪德里的藍天久已在戰鬥翅下
七色變作三色
黑　紅　紫
歸結是一個風與火的世界
聽隔壁的鐵工手又拉起他的風箱了
他臂膀上筋肉的起伏

說出他製造的力量
痴痴的孩子你在玩你在等候
是夜的廣大還是眼前的神奇
也令你守着這盡夜的黎明不睡？

來去颿欲與吉訶德先生同行
然而除了風車　除了巨人
森林裏橫生的藤蔓　魔鬼的笛聲
我是已有多久了
行杖與我獨自的影子？

——年青的　不是節日
你也該有一份歡喜
你不短新衣新帽
你爲什麼儘羨慕人家的孩子
多有一些驕傲地走罷

再見　平安地
再見　年青的客人
「再見」就是祝福的意思

Rhapsody

　樓乃如船
　樓竟如船
千人萬人的腳
窗上風的雨的襲擊
但咆哮不過是寂寞的交替
我試着想初夏的清涼
清涼的手臂中清涼的荷葉
我要以荷葉當傘
　以荷葉當扇子
但我爲什麼又有了太多的傘下的寒冷

我撚去了燃燒着的橙色的火團
我在暗處
我在遠方
我靜靜地窺伺
一雙海的眼睛
一雙藏着一盞珠燈
和一個名字的眼睛
今夜海在呼嘯
多變幻的海呀
今夜我不再看見蛇腹裏的光
　白的長尾
但我爲什麼還能聽見那尖破的笛聲
我不知今夜昨夜明夜
夜夜
　在風的夜裏
在雨的夜裏

在霧的夜裏
黑水上黑的帆船
是載來還是載去的
又畢竟載着的是那一些「誰」
我想呼喚
我想呼喚遙遠的國土
風聲雨聲
樓乃如船
樓竟如船
行步聲喧語聲笑聲
門的開閉聲
鄰近的人家有人歸來
「是我是我」
我想問
我想呼喚
我想告訴他，安東・契訶夫，

我想告訴他：
是一個契丹人
是一個病了的
是一個蒼白了心的
是一個念了扇上的詩的
是一個失去春花與秋燕的
是一個永遠失去了夜的……

巴黎旅意

游女坐在咖啡座
星街是她日常的家
天空的雲沉入那一杯黑色咖啡
閃爍在她靈魂的泥淖深處
大開的窗子
正靜靜地對着

古色斑爛的塞納河
初秋的空氣明透如水
緞子衣裳無心在輕盈中觸着了
涼意又何獨惜於遠來客
花城好比作一株美麗耐看的樹
可是歐羅巴文明衰頹了
簇生着病的羣菌
而且「巴黎夜報」的聲音太緊壓了
誰能昧心學駝鳥
一頭埋進波斯舞裏的蛇皮鼓
就此想瞞起這世界的動亂

沒來你一味嚷着來
來了，又怎樣呢？
千里萬里
我全不能為這異域的魅力移心

而忘懷於淒涼故國的關山月
隨便你罷給我一堵牆一方地
我會立卽就坐下來
重新捏土爲人
涅槃爲佛
虔誠肅穆地工作
像一個待決的死囚
但我是以積極入世的心
迎接着新世紀

夏日小詩

電燈照明在無人的大廳裏
電風扇旋轉在無人的居室裏
禁閉中的鬼影坐在下面吹風涼
呵，這就是世界嗎？

在南方的海港風裏
我聞見了起膩的肥皂沫味
有一些市儈在那裏漂亮地理髮
呵，眞想當鼓來敲白淨的大肚皮
就着臍眼開花，點起三夜不熄的油脂燈
也算是我們謙卑地作了七七的血荷祭

覃子豪

一九一二——一九六三

造訪

夜，夢一樣的遼闊，夢一樣的輕柔
夢，夜一樣的甘美，夜一樣的迷茫
我不知道，是在夢中，還是在夜裏
走向一個陌生的地方，殷殷地尋訪

雨底街，是夜的點彩
霧裏的樹，是夜的印象
穿過未來派彩色的圖案
溶入一幅古老而單調的水墨畫裏

無數發光的窗瞪着我，老遠的
像藏匿在林中野貓的眼睛在閃爍
發着油光的石子路是鱷魚的脊樑
我是驀然的從鱷魚的脊樑上走來

圍牆裏的花園是一個深邃的畫苑
我茫然探索，深入又深入
在一個陌生的小門前停了足步
像是來過，因爲我確知你曾在這裏等我

秋之管絃樂

簷馬又一度搖落了森林古老的夢
在蒼黃的日暮，所有的豎笛手都醒了
　以搖曳的姿態
　撫弄無孔之笛

笛管吶吶的，吶吶的，奏出秋天的沉鬱

　消逝了雷的鼓聲

　　暴風雨的合奏

一片寧靜，只有：

　　木和竹的豎笛

　　水的橫琴

溪水撥動銀絃，越過石灘

歡情洋溢地奏着進行曲

　洋洋的馳向大海

秋天的森林，如此典麗，靜謐

淡青、鵝黃、紫紅的落葉，在盤旋，盤旋……

是夢帶着奇妙的聲響，飄落……

　委身流水逝去

或棲息在你的髮間

你來自夢裏
　來自音樂之海的旋律裏
你的髮如琴絲，有海的韻律波揚
幽渺不可聞，有碧波在你眼裏掠過
　而我已呼吸着你髮上的幽香

一個豎笛手
　徘徊在你夢的門扉之外
你眞不知道
　他爲你吹奏出顫聲的歌
那是從他空虛的心中吹出底傷逝的聲音
他是槁木
　音符如彩色的落葉飄進你的夢門

域外

域外的風景展示於
城市之外，陸地之外，海洋之外
虹之外，雲之外，青空之外
人們的視覺之外
超 Vision 的 Vision
域外人的 Vision

域外的人是一款步者
他來自域內
卻常款步於地平線上
雖然那裹無一株樹，一匹草
而他總愛欣賞域外的風景

吹簫者

吹簫者木立酒肆中

他臉上累集着太平洋上落日的餘暉
而眼睛卻儲藏着黑森林的陰暗
神情是凝定而冷肅
他欲自長長的管中吹出
山地的橙花香

他有弄蛇者的姿態
尺八是一蛇窩
七頭小小的蛇潛出
自玲瓏的孔中
纏繞在他的指間

昂着頭，飢餓的呻吟

是飢餓的呻吟，亦是悠然的吟哦
悠然的吟哦是爲忘懷疲倦
柔軟而圓熟的音調
混合着夜的淒冷與顫慄

是酩酊的時刻
所有的意志都在醉中
吹簫者木立
踩自己從不呻吟的影子於水門汀上
像一顆釘，把自己釘牢於十字架上
以七蛇吞噬要吞噬他靈魂的慾望
且欲飲盡酒肆欲埋葬他的喧嘩

他以不茫然的茫然一瞥

從一局棋的開始到另一局棋的終結
所有的飲者鼓動着油膩的舌頭
喧嘩着，如眾卒過河

一個不曾過河的卒子
是喧嘩不能否定的存在
每個夜晚，以不茫然的茫然
向嘵嘵不休的誇示勝利的卒子們
吹一闋鎮魂曲

紀弦

一九一三—

致或人

膨脹着，膨脹着，
而且爆炸着，爆炸着，
一個不可思議的螺旋體！
不可思議的螺旋體！

憑了你的直覺，
你的本能，
哦，或人，
攫住它，

而且給我以答案吧；
要正確地，
在你的演草的拍紙簿上，
寫下：
生命之 X^n 及其他具神祕性的數字。

於是，我們說再會。
不要哭泣，也不要留戀。

到沒有魔術，
也沒有上帝的時候，
當一切天體變成了扁平的，
一切標本魚游泳起來，
哦，或人，
我們將有一個欣喜的重逢，
在表狀行星之最危險的邊陲。

彼時，哦，或人，
你是否還記得曼陀鈴的彈法，
我不知道；
也許我的嗓子已經啞了，
再不能唱一支三拍子的歌。

而我們是緊密地結合爲一體了，
然後，以馬的速度，我們跑，
划着未來派的16條腿，
投影於一堅而冷的無垠的冰原上。

舷邊吟

說着永遠的故事的浪的皓齒。
青青的海的無邪的夢。

遙遠的地平線上，
寂寞得沒有一個島嶼之飄浮。

凝看着海的人的眼睛是茫茫的，
因爲離開故國是太久了。
迎着薄暮裏的鹹味的風，
我有了如煙的懷念，神往地。

聽風者

你年少的聽風者呀，
你迷惑了嗎？
回到「虛無」裏去吧，
你將有一個舒適的午睡。

而我是欣然地

聽着沒有方向的風，
而且飲着茶，
在一山雨欲來的樓上。

在地球上散步

在地球上散步，
獨自踽踽地，
我揚起了我的黑手杖，
並把它沉重地點在
堅而冷了的地殼上，
讓那邊棲息着的人們
可以聽見一聲微響，
因而感知了我的存在。

燈

小小的窗，嵌着山的風景繪。山是肅穆的。山頂上有六盞燈。有時是五盞。有時是七盞。但我喜歡說六盞：5是平凡的數字，7是太憂鬱了的數字，6纔是戀和幸福的象徵。

遠方的戀人哪，在你的窗外，也有山嗎？也有山頂上的六盞燈嗎？每夜每夜她們亮着，優美地亮着。她們使我寧靜。她們是星色的，像裝點了你的右手的六粒鑽石。她們劃出了山和天空的界限：天空是紫色的，山是更深的紫色。

在霧的夜，她們變成了微黯的光暈，像從望遠鏡裏找到了的宇宙深處的大星雲。

戀人啊，在多霧的島上，我思念着你哪。夜夜我從夢中醒來，推開窗，凝看着山頂上的六盞燈，直到天明。霧濃起來了：你的啜泣的眼；霧消散了：你的微笑的眸子。

七與六

拿着手杖7
咬着煙斗6

數字7是具備了手杖的形態的。
數字6是具備了煙斗的形態的。
於是我來了。

手杖7＋煙斗6＝13之我

一個詩人。一個天才。
一個天才中之天才。

一個最最不幸的數字！
唔，一個悲劇。

悲劇悲劇我來了。
於是你們鼓掌，你們喝采。

喫板煙的精神分析學

從我的煙斗裏冉冉上升的
是一朵蕈狀的雲，
一條蛇，
一隻救生圈，
和一個女人的裸體。
她舞着，而且歌着；
她唱的是一道乾涸了的河流的氾濫，
和一個夢的聯隊的覆滅。

存在主義

圖案似的
標本似的
　　一蜥蜴
夜夜，預約了一般地
出現，預約了一般地
當我爲了明天的麵包以及
　　昨日的債務而又在辛勞地
　　　　辛勞地工作着時
平貼在我的窗的毛玻璃的
那邊，用牠的半透明的

胴體，神奇的但醜陋的
尾巴，給人以不快之感的
頭部，和有着幼稚園小朋友人物畫風格的
四肢平貼着
　　圖案似的
　標本似的
一蜥蜴

這够我欣賞的了。
在我的燈的優美的
照明之下：這存在
　　這小小的守宮（上帝造的）
　這小小的壁虎（上帝造的）
這遠古大爬蟲的縮影、縮寫和同宗
屏息在我的窗的毛玻璃的

那邊，而時作覓食之拿手的
表演；於是許多的蚊蚋、蛾蝶和小靑蟲
在牠的膨脹而呈微綠的肚子裏
消化着
又消化着。

噢，對啦！我是牠的戲的
觀眾，而且是牠的藝術的
喝采者，有詩爲證；而牠
也從不假裝不曉得
究竟在這個芸芸眾生的大雜院裏
誰是最後熄燈就寢的一個。

故我存在——我是上帝造的
蜥蜴存在——牠是上帝造的
一切存在——都是上帝造的

而這就是我們的「存在主義」——不！「我們的」存在主義

春之舞

她是從國立研究院標本陳列室裏逸出來的
一可肉之白骨；撞碎了玻璃櫥
無聲地，當年青的男性管理員午膳後作片刻的
假寐時。　她是

啊如此的輕盈、輕盈、輕盈地
舞着，用了鄧肯的步法
和趙飛燕的韻致，在商業大樓前
春日寧靜的廣場上。　廣場上：
杜鵑怒放，而她舞着。　舞着的

是一懷春之少女；假寐的管理員

則是或一定義上的無夢之標本。
標本
標本
　　春之舞

（舞以白骨
舞以少女）
標本。標本。春之舞！

而當她意與既寂，一念間
欣然失蹤，卻忘了收回那
赫然投射在德國賀爾蒙巨型廣告牌上的
一不可消滅之黑影。

阿富羅底之死

把希臘女神 Aphrodite 塞進一具殺牛機器裏去
切成
塊狀

把那些「美」的要素
抽出來
製成標本；然後
一小瓶
一小瓶
分門別類地陳列在古物博覽會裏，以供民眾觀賞
並且受一種教育
這就是二十世紀：我們的

未濟之一

她們喜歡快速那些綠
具可燃性的她們都很憂鬱
至於那些腐葉喪失了辛烷度的不喜歡
憂鬱她們是一點兒也不

所以我經常表演攀爬
一面吹着最不音樂的口哨水手風地
在一個被加了特別延長記號的全分音符裏
登天梯以超脫

凡綠和腐葉
凡具可燃性的和喪失了辛烷度的
無論其憂鬱不憂鬱喜歡不喜歡快速
而總之我是又開始了（哦！觀眾
隨便你們噓或中途退出
大聲叫喊，統計學一般的沉默或用力拍手——

這裏是沒有什麼公共秩序必須維持和遵守）

而是圓筒狀成幾何級數的那麼
爬升又跌落；而是成幾何級數圓筒狀的那麼跌落又
爬升……

狼之獨步

我乃曠野裏獨來獨往的一匹狼。
不是先知，沒有半個字的嘆息。
而恆以數聲悽厲已極之長嗥
搖撼彼空無一物之天地，
使天地戰慄如同發了瘧疾；
並颳起涼風颯颯的，颯颯颯颯的：
這就是一種過癮。

方敬

一九一四——一九九六

塔與橋

誰的一舉手
是回想中的一座塔？
是誰的影子像弓橋？

登塔人說「我高。」
長的是過橋人的影子。
登塔，過橋，我累了，
則我的坐椅像圓墓。

想故鄉迷離的煙水
辨不清我的歸路。
歸路嗎——
許是一座塔，一座橋。

陰天

憂鬱的寬帽簷
使我所有的日子都是陰天。

是快下久旱的雨？
是快飄紛紛的雪？
我想學一隻倦鳥
馱着低沉的天色
飛到溫暖的陽光裏。

我要走過一塊空地
去訪我的朋友。
我要到濃陰下
去訪我親切的記憶。
我是夏天的夢者。

憂鬱的寬帽簷
使我所有的日子都是陰天。

雨景

薄暮的雨聲在簷前，
在倚門人的心上。
他是悵惘了，
像送走一個遠游客，
又像在等候着誰。

聰明的流浪子，
該停下了，
撐開舊時的油紙傘，
髣髴歸了家，
一件風塵的薄衫，
沾染許多地方的雨點，
他早聽熟異鄉的雨聲，
倚門人卻看厭了
西天的晚雲。

李白鳳

一九一四——一九七八

夢

五百小夢的悲歡離合
一個大夢又團圓了
乃有理想的小號兵
吹不響一串高度的點名號——
暗室若有透明的珍珠。
我將為你用五百首好詩
穿起一年的眼淚……

白蓮

總應該一身是膽了
我不受苦難誰受苦難？
大羅天上的相識
那都是題外的話語。
你自從有生命以來
就滔滔不絕的向我說嗎
說那西方的極樂世界
白蓮花又多開一世紀了……

花

我又得重見你了
你正煮着山中的白石

河水流在你長長的臉上
我知道你是五百年流一次淚的
那麼，這該是第五百個五百年了
再過五百個五百年
是我開花的時候了
我將開一朵
你永遠看不見的花

吳瀛濤　一九一六——一九七一

海流

大陸北方已開始積雪
惟今天戰亂鮮紅的血卻印在雪上
驚醒了這裏南方初春的淺夢

這是鷄鳴的淸晨
我正在打開古老的地圖，湎想祖國多難的命運
而一股懷念的熱情如同浩盪的海流奔騰萬里

廢墟

這裏曾發生過什麼
被冷落的角落裏默然一塊岩石
沒有憑弔的旗
沒有早晨的陽光

這裏眞的曾發生過什麼
彈痕的牆壁
血蝕的土地
風雨刻於荒涼的廢墟

也許病瘦的狗知道一些
也許灰暗的雲，凋落的花
總有某些錯誤

乃或某些無可避免的命運

幾年後幾十年後
人又將一次向邊涯逃亡
這是以次數計算戰爭的年代
死亡如鼠疫蔓延

而當每一次悲劇結束
人又將紛紛重回家鄉
又將建立他們灰白的紀念碑
於另外一處新的廢墟

陳敬容

一九一七——一九八九

劃分

我常常停步於
偶然行過的一片風
我往往迷失於
偶然飄來的一聲鐘
無雲的藍空
也引起我的悵望
我吸飲同樣的碧意
從一株草或是一棵松

待發的船隻
待振的羽翅
箭呵，惑亂的弦上
埋藏着你的飛馳
火警之夜
有奔逃的影子

在熟悉的事物面前
突然感到的陌生
將宇宙和我們
斷然地劃分

羣象

河流
一條條

縱橫在地面
街巷
一道道
交錯又連綿

沒有一棵草
敢自誇孤獨
沒有一個單音
成一句語言

手臂和手臂
在夜裏接連
一雙雙眼睛
望着明天

黃昏，我在你的邊上

黃昏，我在你的邊上
因爲我是在窗子邊上
這樣我就像一個剪影
貼上你無限遠的昏黃

白日待要走去又不走去
黑夜待要來臨又沒來臨
吊在你的朦朦朧朧
　你的半明半暗之間
我，和一排排發呆的屋脊

街上燈光已開始閃熠
都市在準備一個五彩的清醒

別盡在電桿下佇立
喂，流浪人，你聽
音樂、音樂，假若那也算音樂
那尖嗓子帶着一百度顫抖
擁抱着窒息的都市
在邪惡地笑

躲到一條又長又僻靜的街上
黃昏，我這才找到你溫柔的手
緊握住我的，像個老朋友
我在迷惘中猛然一回頭
於是你給我講一些
頂古老頂古老的故事
這些故事早已在我的記憶中發黃
黃得就像你的臉——
那還有一抹夕照的遙遠的天邊

故事裏有祖父的白鬍鬚
有母親的綉花裙子
有故鄉青石板鋪成的街巷
犬吠聲裏分外皎潔的月亮

有北國的風雪
有塞上的冰霜
有成年成月的懷鄉夢
有黃河萬里寒冷的太陽

咳，東西南北裏我不過是
一個看不見的小小的黑點
人說在飛機上看山川
就像是一塊塊積木玩具
那麼人，在地球上來來去去

不就像一羣羣爬行在皮球上的螞蟻

於是，哎，黃昏
你的故事令我沉默

我沉默因爲黑夜將臨
因爲那常在的無端的淒傷和恐懼
沒有風，樹葉卻片片飄落
向肩頭擲下奇異的寒冷

黃昏，我繞了一個圈子
依舊回到你的邊上
現在我聽見黑夜拍動翅膀
我想攀上它，飛，飛
直到我力竭而跌落在
　黑夜的邊上

那兒就有黎明
有紅艷艷的朝陽

無淚篇

丈夫有淚不輕彈，
只因未到傷心處。
——「林冲夜奔」

無數樓窗開了又關上
濛濛細雨
把暮春拉進秋天
遠代人悲秋的心事
早涼去了
大旗飄飄
風過處一陣血腥

走遍天涯
踏盡每一條路
問誰的腳步還能够
輕輕舉起
漠然地彈一彈
鞋底上粘着的泥土

聽戲文掉淚
臺上息去了鑼鼓
臺下收不住淒楚
到街上暮色蒼茫
老乞丐在地上碰頭
越碰越響

怪這是哪一代的春天
哪一國人的異邦

穆　旦

一九一八——一九七七

詩八首

一

你底眼睛看見這一場火災，
你看不見我，雖然我爲你點燃；
唉，那燃燒着的不過是成熟的年代，
你底，我底。我們相隔如重山！

從這自然底蛻變底程序裏，
我卻愛了一個暫時的你。
即使我哭泣，變灰，變灰又新生，

姑娘，那只是上帝玩弄他自己。

二

水流山石間沉澱下你我，
而我們成長，在死底子宮裏。
在無數的可能裏一個變形的生命
永遠不能完成它自己。

我和你談話，相信你，愛你，
這時候就聽見我底主暗笑，
不斷的他添來另外的你我
使我們豐富而且危險。

三

你底年齡裏的小小野獸，
它和春草一樣地呼息，

它帶來你底顏色，芳香，豐滿，
它要你瘋狂在溫暖的黑暗裏。

我越過你大理石的理智底殿堂，
而爲它埋藏的生命珍惜；
你我底手底接觸是一片草場，
那裏有它底固執，我底驚喜。

四

靜靜的，我們擁抱在
用言語所能照明的世界裏，
而那未成形的黑暗是可怕的，
那可能和不可能的使我們沉迷。

那窒息着我們的
是甜蜜的未生即死的言語，

它底幽靈籠罩，使我們遊離，
遊進混亂的愛底自由和美麗。

五

夕陽西下，一陣微風吹拂着田野，
是多麼久的原因在這裏積纍。
那移動了景物的移動我底心
從最古老的開端流向你，安睡。

那形成了樹木和屹立的岩石的，
將使我此時的渴望永存，
一切在它底過程中流露的美
教我愛你的方法，教我變更。

六

相同和相同溶爲怠倦

在差別間又凝固着陌生，
是一條多麼危險的窄路裏，
我製造自己在那上旅行。

他存在，聽從我底指使，
他保護，而把我留在孤獨裏，
他底痛苦是不斷的尋求
你底秩序，求得了又必須背離。

七

風暴，遠路，寂寞的夜晚，
丢失，記憶，永續的時間，
所有科學不能祛除的恐懼
讓我在你底懷裏得到安憩——

呵，在你底不能自主的心上，

你底隨有隨無的美麗的形象，
那裏，我看見你孤獨的愛情
筆立着，和我底平行着生長！

八

再沒有更近的接近，
所有的偶然在我們間定型，
只有陽光透過繽紛的枝葉
分在兩片同樣的心上，相同。

等季候一到就要各自飄落，
而賜生我們的巨樹永青，
它對我們的不仁的嘲弄
（和哭泣）在合一的老根裏化爲平靜。

野外演習

我們看見的是一片風景：
多姿的樹，富有哲理的墳墓，
那風吹的草香也不能伸入他們的匆忙，
他們由永恆躲入剎那的掩護。

事實上已承認了大地的母親，
又把幾碼外的大地當做敵人，
用煙幕來掩蔽，用鎗炮射擊，
不過招來損傷：眞正的敵人從未在這裏。

人和人的距離卻因而拉長，
人和人的距離才忽而縮短，
危險這樣靠近，眼淚和微笑

合而爲人生：這裏是單純的縮形。

也是最古老的職業，越來
我們越看到其中的利潤，
從小就學起，殘酷總嫌不够，
全世界的正義都這麼要求。

勸友人

在一張白紙上描出個圓圈，
點個黑點，就算是城市吧，
你知道我畫的正在天空上，
那兒呢，那顆閃耀的藍色小星！
於是你想着你丟失的愛情，
獨自走進臥室裏踱來踱去。
朋友，天文臺上有人用望遠鏡

正在尋索你千年後的光輝呢，
也許你招招手，也許你睡了？

我

從子宮割裂，失去了溫暖，
是殘缺的部分渴望着救援，
永遠是自己，鎖在荒野裏，

從靜止的夢離開了羣體，
痛感到時流，沒有什麼抓住，
不斷的回憶帶不回自己，

遇見部分時在一起哭喊，
是初戀的狂喜，想衝出樊籬，
伸出雙手來抱住了自己

幻化的形象，是更深的絕望，
永遠是自己，鎖在荒野裏，
仇恨着母親給分出了夢境。

贈別

多少人的青春在這裏迷醉，
然後走上熙攘的路程，
朦朧的是你的怠倦，雲光，和水，
他們的自己丟失了隨着就遺忘；

多少次了你的園門開啟，
你的美繁複，你的心變冷，
儘管四季的歌喉唱得多好，
當無翼而來的夜露凝重——

等你老了，獨自就着爐火，
就會知道有一個靈魂也靜靜的，
他曾經愛過你的變化無盡，
旅夢碎了，他愛你的愁緒紛紛。

周夢蝶

一九二〇——

菩提樹下

誰是心裏藏着鏡子的人呢？
誰肯赤着腳踏過他底一生呢？
所有的眼都給眼蒙住了
誰能於雪中取火，且鑄火爲雪？
在菩提樹下。一個只有半個面孔的人
抬眼向天，以歎息回答
那欲自高處沉沉俯向他的蔚藍。

是的，這兒已經有人坐過！

草色凝碧。縱使在冬季
縱使結趺者底跫音已遠逝
你依然有枕着萬籟
與風月底背面相對密談的欣喜。

坐斷幾個春天？
又坐熟多少夏日？
當你來時，雪是雪，你是你
一宿之後，雪既非雪，你亦非你
直到零下十年的今夜
當第一顆流星驌然重明

你乃驚見：
雪還是雪，你還是你
雖然結趺者底跫音已遠逝
唯草色凝碧。

還魂草

「凡踏着我腳印來的
我便以我，和我底腳印，與他！」
你說。

這是一首古老的，雪寫的故事
寫在你底腳下
而又亮在你眼裏心裏的，
你說。雖然那時你還很小
（還不到春天一半裙幅大）
你已倦於以夢幻釀蜜
倦於在鬢邊襟邊簪帶憂愁了。

穿過我與非我

穿過十二月與十二月，
在八千八百八十之上
你向絕處斟酌自己
斟酌和你一般浩瀚的翠色。

南極與北極底距離短了，
有笑聲嘩嘩然
從積雪深深的覆蓋下竄起，
面對第一線金陽
面對枯葉般匍匐在你腳下的死亡與死亡
在八千八百八十之上
你以青眼向塵凡宣示：
「凡踏着我腳印來的
我便以我，和我底腳印，與他！」

蛻

——兼謝伊弟

誰知？我已來過多少千千萬萬次
踏着自己：纍纍的白骨。

久久溯洄不到
來時的路。
欲就巍巍之孤光，照亮
遠行者的面目之最初
而波搖千里，風來八面
未舉步已成鄉愁。

由桑椹到桑樹
復由桑葉到繭——

去，帶着淚珠一串
回來，更長的一串。

用傘撐起一個雨季
孰若用雨季：更長更濕更苦的
撐起一把傘。
當我醒自泥濘的白天，發見
泥濘卻在自己的這邊。

門前雪也不掃；
瓦上霜也不管。
春天行過池塘，在鬱鬱的草香
蜻蜓吻過的微波之上
匆匆的，打了一個美麗的環結，之後
忽然若有所悟
直向不曾行過的行處歇去……

明年髑髏的眼裏，可有
虞美人草再度笑出？
鷺鷥不答：望空擲起一道雪色！

綠原

一九二二——

驚蟄

當羊隊面向柵欄辭別了曠野
當向日葵畫完半圓又寂寞地沉落
當遠航的船隻卸卷白帆停泊了
當城市氾濫着光輝像火災

從那沒有燈和燭的院落出來
我將芒鞋做舟葉
划行在這潮濕的草原上

草原上，我來了
好不好，你
　藍色的　海的泡沫
　藍色的　夢的車輪
藍色的　冷谷的野薔薇
藍色的　夜的鈴串呀

呀，星……
星被監禁在
　雲的城牆和
雲的樓閣裏去了

然而，星是沒有哭泣的啊
露水不是星的淚水啊

當星逃出天空的門檻

向這痛苦的土地上謝落
據說就有一個閃爍的生命
在這痛苦的土地上跨過

那麼，我想
——十九年前，茂盛的天空
那一片豐收着金色穀粒的農場裏
我是哪一顆呢

今天
我旅行到這潮濕的草原上來了
我要歌唱……

但我也要回去的
等我唱完了我的歌
等我將歌聲射動雷響

等我將雷聲滾破了
人類的喧嘩的夢

憎恨

不問羣花是怎樣請紅雀歡呼着繁星開了，
不問月光是怎樣敲着我的窗，
不問風和野火是怎樣向遠夜唱起歌……

好久好久，
這日子
沒有詩。

不是沒有詩呵，
是詩人的豎琴
被誰敲碎在橋邊，

五線譜被誰揉成草髮了。

殺死那些專門虐待青色穀粒的蝗蟲吧，
沒有晚禱！
愈不流淚的，
愈不需要十字架；
血流得愈多，
顏色愈是深沉的。

不是要寫詩，
要寫一部革命史啊。

憂　鬱

太陽呈扇形的放射沒落了，
耶穌騎着驢子回到耶路撒冷去。

行腳者買一只風燈，
摸索向遠村的旅棧。

聖人在想：
黃昏的煙水邊
（田螺兒回到貝殼裏去了），
雨落着的城樓
（晚鐘被十字架的影子敲響了），
常有一個透明的聲音
召喚着你的名字——
好，你該醒着做夢的客人了。

這是童話。

夜深了，
請給我一根火柴……

存在

頭髮有它的影子。
炊煙有它的重量。
一顆圓點有它的面積。
你知道，存在是可貴的。

夜將一切存在化爲灰燼，
白晝又恢復着猛烈的燃燒。
你知道，倒退一步：
必然躍進得更遠。

微雨

雨，微雨

落在草帽上
落在遮陽傘上
落在布鞋上
落在墨鏡片上
微雨是膽怯的
甚至不敢驚動一粒塵埃
當它湊近你的耳輪時
它沒有魯莽的舌頭
沒有暴雨的雄辯
（不饒人的暴雨啊！）

在微雨中走着
我想起了朋友T・
他很年輕
非常討厭微雨
說它太單調，太煩瑣

他是大雷雨的詩人
又是陽光的畫家

在微雨中走着
我想起了他
他許久沒有了消息
只聽說還在這邊
環境不太好
但是幹勁很高
微雨引起了我的懷念
深沉的深沉的懷念
我眞希望——
在這陣微雨中碰見他
迎面向我走過來
我想他會像平常一樣

「如果你累病了，伙計，
雨點和汗珠是最好的藥劑。」

雨落着，落着微雨
落在我的手上
手裏是我想發給他的信
可是他失蹤了

羊令野

一九二三——一九九四

逃亡的月

九個太陽一直踩在腳底，
而后羿依然詛咒黑暗。
用曙色塗抹顏面的，
總想着崦嵫山自遙遙年代升起。
所以寂寞就被童貞地守着，
禁錮般守着那逃亡的月。

蝶之美學

用七彩打扮生活，
在風中，我乃文身男子。
和多姿的花兒們戀愛整個春天，
我是忙碌的。

從莊子的枕上飛出，
從香扇邊緣逃亡。
偶然想起我乃蛹之子；
跨過生與死的門檻，我孕美麗的日子。

現在一切遊戲都告結束。
且讀逍遙篇，夢大鵬之飛翔。
而我，只是一枚標本，
在博物館裏研究我的美學。

林亨泰

一九二四——

春

長的咽喉
嗚着圓舞曲
而告知
從軟管裏
將被擠出的
就是春

秋

雞，
縮着一腳在思索着。
而又紅透了雞冠。
所以，
秋已深了……

國畫

在故事的草叢裏
古人們的蛋
孵化了
大霧中
（葡萄酒味極濃）

山河也都醉
留着鬍子
握着手杖的
仍然嚼着泡泡糖……

光

易滑的瀝青路上，
我是踱來踱去的光，
但，我兩腿展開去的角，
是最濃密的……
我雖是速度，亦是影子。

風景 No. 1

農作物　的
旁邊　還有
農作物　的
旁邊　還有
農作物　的
旁邊　還有

陽光陽光晒長了耳朵
陽光陽光晒長了脖子

風景 No. 2

防風林　的
外邊　還有
防風林　的
外邊　還有

分析此詩的主題
一個畫面

印象派
莫內的日出

防風林　的
外邊　還有

然而海　以及波的羅列
然而海　以及波的羅列

鄭敏

一九二四——

晚會

我不願舉手敲門，
我怕那聲音太不溫和，
有一隻回來的小船，
不擊槳，
只等海上晚風，
如若你坐在燈下，
聽見門外寧靜的呼吸，
覺着有人輕輕挨近……
扔了紙煙，

無聲推開大門
你找見我。等在你的門邊。

讀 Seligs Sehnsucht 後

從同一株老樹上發出新的嫩芽，
從同一顆心靈裏湧出新的智慧，
從同一扇窗捉到新的感情，
假如死和變是至寶貴的，因爲
他們卻繫於那不斷的「同一」。

在季候的轉變裏大地是同一的，
在歷史的河流裏人類是同一的，
當兩個生命在深永的意義下結合
他們就是大地，是人類，
在千萬個時間的、空間的變動裏

是神，是理念，是那永恆的同一；
風雪，年歲，陽光，和黑暗圍着他們
舞蹈好像落葉，他們卻直立在中央，
是兩株沒有凋落的菩提，不斷的
從自己的內心裏吐出生命的亮光。

帶着過去的整體，生命，他纔像
一條河流無休止的向前進行，
站在同一的位置，同一的關係上，
讓靈魂向上生長如一株古樹，
自同一點發出一串的演進，生命
是一個力量的不斷的連續
在看得見的現在裏包含着
每一個看不見了的過去。
從所有的「過去」裏纔
蛻化出最高的超越

我們高立在山岩上看海潮的捲來：
在那移動的一線白色之後
卻是整個海的力量

有一個火焰，那使得我們去追尋而
不燃自人類自己的胸裏的嗎？
有一個「愛的夜晚」那是全然無光
無意義，可唾棄的而能
踏入人類超越的生命裏嗎？
呵，人們是如此的追求着智慧和自由，
以致要求從最高的
峯頂俯看一切動物，
只有對於可憐的他們，光明
纔是外在的，生命纔是
被安排的，向上是被引誘的。
那讚美飛蛾的他可曾經

從現在裏抽去過去
生命和他勇猛的前進都將
同於落日的退汐，無聲的
退回海的最寂寞的深處。

樹

我從來沒有眞正聽見聲音
像我聽見樹的聲音，
當他悲傷，當他憂鬱
當他鼓舞，當他多情
時的一切聲音
卽使在黑暗的冬夜裏，
你走過他也應當像
走過一個失去民族自由的人民
你聽不見那封鎖在血裏的聲音嗎？

當春天來到時
他的每一隻強壯的手臂裏
埋藏着千萬個啼擾的嬰兒。

我從來沒有眞正感覺過寧靜
像我從樹的姿態裏
所感受的那樣深
無論自那一個思想裏醒來
我的眼睛遇見他
屹立在那同一的姿態裏。
在他的手臂間星斗轉移
在他的注視下溪水慢慢流去，
在他的胸懷裏小鳥來去
而他永遠那麼祈禱，沉思
彷彿生長在永恆寧靜的土地上。

方思

一九二五——

石柱

站在這渾厚的嵌着條條凹痕的石柱下
頓覺一己渺小，而又升起，似與這頂上的青空
等高……這青空嵌着點點的閃爍
說是星，我卻覺是長曳的衣裾上的片片賽銀
說見到的是宇宙一面，這些星星來自二千年前，基督正要降生
我站在這渾厚的石柱之下，弗洛倫斯喬托的塔，還有銅鐘
　　柯隆大敎堂的尖樓，荷亨查倫大橋
　從加拿大來的說法語的自由思想者，從勃賴斯勞來的政治流亡者
這仰視所得的一長方格閃耀銀點的青色，這便是一個宇宙

我站在石柱之下，已經融化，同其渺小，同其高大
與這掩映婆娑的椰子樹，這道里亞式的柱頭，這閃爍的小孩的眼睛，
這冷冷而充滿情熱的青色的沉靜

長廊

我是一個正經男子走着
走過這石柱投影的長廊。　這希臘的
榮耀，羅馬的偉壯。光線自層層的拱門
透過，從石與石間仰觀祇是一片深青
柏拉圖倚柱談觀念之不朽，蘇格拉底之死
那時的三顆晶瑩的星，尼羅焚城時的一道火光
我是一個正經男子走着

走過這石柱投影的長廊。　道里亞式的柱頂
灰白平整的軒緣，張眼的獅頭在上面站崗

天花板還刻出維納斯從荷花中誕生
石板上的陰影顯示不出柱身的凹痕
你是一位窈窕女郎在這裏等待
你是猩紅似血的火
你是喪失馥郁喪失形態的紫羅蘭
你是風中偃臥的細草
你是斜陽返照的殘輝
你是深夜死寂的流水
你是破曉最後一顆星的四周的黯光
你是現代顏色的構圖
你正是這質樸崇高的走廊，石柱，雕飾
這一切的反對，你帶着你的迷惑的笑
哼着爵士歌曲，你腳步的機巧引起
你輕浮頭腦的搖動：你是一位窈窕女郎
正在這裏等待：我是一個正經男子走過

走向你不知何處，也許便無處可去
走向某一地方，經過你的身旁
我是一個正經男子走過
走過這石柱投影的長廊。 駱駝頸邊的鈴
響起一串碎銀的聲音，沙漠展開了牠自己
霧降在這春天的大地
一顆花蕾我正在尋覓
宇宙醒來的最早的象徵
我是一個正經男子走過
我走過了你
你是一位窈窕女郎依然站在這裏等待
我是一個正經男子卻已走過

幻 思

昨夜，寒冽如冬

夜歌

透過銀白色的薄霧
我窺視月臺後的冬青樹
修剪得像圓碟，層塔，甚至土丘
今夜可能又是寒冽的夜
雨正滴落着，現在
雨滴落在深色的百葉窗格上
想及你眼睛的長長的睫毛
我憶及秋里希之一間素白的室
在一家飯店裏面
我凝視那成線條的青空
散成點子的綠樹（我知道是樹）
以及呈現狹長方形的，間隔而連續垂下
小小方塊的輕灰色的建築（我感覺：這是現代）

夜性急地落下來了
你不要唱哀悼的歌

你祇有一個形態
卻有無數的影子
夜揉皺了山的衣裾，舒展了樹的手臂
溶和了水與霧，平匀了湖與土丘
夜落下來了，那麼
到夜之寂，夜之深沉，當有聲音升起
從靜之中央，那時便沒有光，沒有影子
你的形態便是我的心

讓夜過早地落下來罷
我不要再見你，你的影子
無所不在的，處處引我悲歌的
我要擁抱你，與你合而爲一

我的心就擁抱你
擁抱這深沉的寂靜，擁抱這響徹
我的全心靈的，啊，寧謐的，幸福的，生命本身的聲音
當夜落下來了，淹沒了一切崇高的卑微的，遠的與近的

在黑暗之黑暗，寂靜之寂靜的
外界
不要唱哀悼的歌

聲　音

夜漸漸地冷了，我猶對燈獨坐
冬夜讀書，忍對一天地間的黑暗
僅僅隔一層窗，薄薄的紙

我猶挑燈夜讀，忍受一身寒意

每一個字是概念，每一句子是命題
是力量，是行動，是一個生生不息的宇宙
有熱，有光

在沉寂如死的夜心，我聽到一個聲音
呼喚我的名字：我欲
推窗出去

夏菁 一九二五——

復活

啄木鳥輕叩着——
冬 冬 冬。
在那棵冬眠的
中國楡樹上。

當玻璃在小溪中融化，
綠色的野火
一夕間燃遍了草根；
當那匹年輕的牡馬

眼望天際，嘶着東風，
開始一種莫名的衝動。

「該換季節了吧！」
一個意念剛掠過，
等　等　等——
這次是肯定的回聲。
我喉間忽升起一顆核桃，
眼角泛着高潮。

啄木鳥繼續輕叩着
通　通　通。
一陣突然的心跳，
我窺見一個側影——

當她展一條新裙

在那棵復活了的
中國榆樹上。

雪融之後

太陽將我唯一的知己——
雪人，化成了陌生客。
風又在簷下吹奏
水晶的羌笛。八千里
透明的鄉愁。

所有鎮上的仕女們
去尖頂聽牧師的呼籲。
而我的安慰卻在
卻在無人的曠野。

在松鼠友誼的一瞥，
在落磯山的嶙峋，
在中國楡樹積雪的枝柯，
在那片東去的雲。

昨日之雪，今日的太陽，
如此飄忽的時空
（蘇小小的西湖
　桑德堡的草原）
異鄉人在雪融之後，
有一股熱流自心底升起。

余光中

一九二八——

飲一八四二年葡萄酒

何等芳醇而又鮮紅的葡萄的血液！
如此曖曖地，緩緩地注入了我的胸膛，
使我歡愉的心中孕滿了南歐的夏夜，
孕滿了地中海岸邊金黃色的陽光，
　和普羅汪斯夜鶯的歌唱。
當纖纖的手指將你們初次從枝頭摘下，
圓潤而豐滿，飽孕着生命緋色的血漿，
白朗寧和伊麗莎白還不曾私奔過海峽，

但馬佐卡島上已棲息喬治桑和蕭邦，
　雪萊初躺在濟慈的墓旁。

那時你們正纍纍倒垂，在葡萄架頂，
被對岸非洲吹來的暖風拂得微微擺蕩；
到夜裏，更默然仰望着南歐的繁星，
也許還有人相會在架底，就着星光，
　吮飲甜於我杯中的甘釀。

也許，啊，也許有一顆熟透的葡萄，
因不勝蜜汁的重負而悄然墜下，
驚動吻中的人影，引他們相視一笑，
聽遠處是誰歌小夜曲，是誰伴吉打；
　生命在暖密的夏夜開花。

但是這一切都已經隨那個夏季枯萎。

數萬里外，一百年前，他人的往事
除了微醉的我，還有誰知道？還有誰
能追憶那一座墓裏埋着採摘的手指？
　她寧貼的愛撫早已消逝！

一切都逝了，只有我掌中的這只魔杯，
還盛着一世紀前異國的春晚和夏晨！
青紫色的僵屍早已腐朽，化成了草灰，
而遺下的血液仍如此鮮紅，尚有餘溫
　來染濕東方少年的嘴唇。

招魂的短笛

魂兮歸來，母親啊，東方不可以久留，
　誕生颱風的熱帶海，
　七月的北太平洋氣壓很低。

魂兮歸來，母親啊，南方不可以久留，
　太陽火車的單行道
　七月的赤道炙行人的腳心。
魂兮歸來，母親啊，北方不可以久留，
　馴鹿的白色王國，
　七月裏沒有安息夜，只有白晝。
魂兮歸來，母親啊，異國不可以久留。

小小的骨灰匣夢寐在落地窗畔，
伴着你手栽的小植物們。
歸來啊，母親，來守你火後的小城。
春天來時，我將踏濕冷的清明路，
葬你於故鄉的一個小墳，
葬你於江南，江南的一個小鎮。
垂柳的垂髮直垂到你的墳上，
等春天來時，你要做一個女孩子的夢，

夢見你的母親。

而清明的路上，母親啊，我的足印將深深，
柳樹的長髮上滴着雨，母親啊，滴着我的回憶，
魂兮歸來，母親啊，來守這四方的空城。

我的年輪

而秋仍熟睡在七月的胎裏，
歸舟仍夢寐在西雅圖的海灣，
美國太太新修過鬍子
　　的芳草地上，
仍立着一株掛滿牛頓的
蘋果樹，一株
掛滿華盛頓的櫻桃。

遂發現自己也立得太久，
也是一株早熟的果樹，
而令我負重過量的皆是一些
垂垂欲墜的
豐收的你。

即使在愛奧華的沃土上
也無法覓食一朵
首陽山之薇。我無法作橫的移植，
無法連根拔起
自你的睫蔭，眼堤。

五陵少年

颱風季　巴士峽的水族很擁擠
我的血系中有一條黃河的支流

黃河太冷，需要摻大量的酒精
浮動在杯底的是我的家譜
喂！再來杯高粱！

我的怒中有燧人氏，淚中有大禹
我的耳中有涿鹿的鼓聲
傳說祖父射落了九隻太陽
有一位叔叔的名字能嚇退單于
聽見沒有？　來一瓶高粱！

千金裘在拍賣行的櫥窗裏掛着
當掉五花馬只剩下關節炎
再沒有週末在西門町等我
於是枕頭下孵一窩武俠小說
來一瓶高粱哪，店小二！

重傷風能造成英雄的幻覺
當咳嗽從蛙鳴進步到狼嗥
肋骨搖響瘋人院的鐵柵
一陣龍捲風便自肺中拔起
沒關係，我起碼再三杯！

末班巴士的幽靈在作祟
雨衣！　我的雨衣呢？　六蓆的
榻榻米上，失眠在等我
等我闖六條無燈的街
不要扶，我沒醉！

等你，在雨中

等你，在雨中，在造虹的雨中
蟬聲沉落，蛙聲昇起

一池的紅蓮如紅焰，在雨中

你來不來都一樣，竟感覺
　每朵蓮都像你
尤其隔着黃昏，隔着這樣的細雨

永恆，刹那，刹那，永恆
　等你，在時間之外
在時間之內，等你，在刹那，在永恆

如果你的手在我的手裏，此刻
　如果你的清芬
在我的鼻孔，我會說，小情人

諾，這隻手應該採蓮，在吳宮
　這隻手應該

搖一柄桂槳，在木蘭舟中
一顆星懸在科學館的飛簷
　耳墜子一般地懸着
瑞士錶說都七點了。　忽然你走來
步雨後的紅蓮，翩翩，你走來
　像一首小令
從一則愛情的典故裏你走來
從姜白石的詞裏，有韻地，你走來

當我死時

當我死時，葬我，在長江與黃河
之間，枕我的頭顱，白髮蓋着黑土

在中國，最美最母親的國度
我便坦然睡去，睡整張大陸
聽兩側，安魂曲起自長江，黃河
兩管永生的音樂，滔滔，朝東
這是最縱容最寬闊的牀
讓一顆心滿足地睡去，滿足地想
從前，一個中國的青年曾經
在冰凍的密西根向西瞭望
想望透黑夜看中國的黎明
用十七年未饜中國的眼睛
饕餮地圖，從西湖到太湖
到多鷓鴣的重慶，代替回鄉

敲打樂

風信子和蒲公英

國殤日後仍然不快樂
不快樂，不快樂，不快樂
仍然向生存進行
　　不公平的辯論
輸掉一個冬季
再輸一個春天
也沒有把握不把夏天也貼掉
蕁痲疹和花粉熱
　　啊嚏
噴嚏打完後仍然不快樂
而且註定要不快樂下去
除非有一種奇蹟發生
中國啊中國
何時我們才停止爭吵？
奇颺醍，以及紅茶囊

燕麥粥，以及草莓醬
以及三色冰淇淋意大利烙餅
鋼鐵是城水泥是路
七十哩高速後仍然不快樂
食罷一客冰涼的西餐
你是一枚不消化的李子
中國中國你是條辮子
商標一樣你吊在背後

總是幻想遠處
有一座驕傲的塔
總是幻想
至少有一座未倒下
至少五嶽還頂住中國的天
夢魘因驚呼而驚醒
四周是一個更大的夢魘

總是幻想
第五街放風箏違不違警
立在帝國大廈頂層
該有一枝簫，一枝簫
諸如此類事情

總幻想春天來後可以卸掉雨衣
每死一次就蛻一層皮結果是更不快樂
理一次髮剃一次鬍子就照一次鏡子
看悲哀的副產品又有一次豐收
理髮店出來後仍然不快樂
中國中國你剪不斷也剃不掉
你永遠哽在這裏你是不治的胃病
——蘆溝橋那年曾幻想它已痊癒
中國中國你跟我開的玩笑不算小
你是一個問題，懸在中國通的雪茄煙霧裏

他們說你已經喪失貞操服過量的安眠藥說你不名譽
被人遺棄被人出賣侮辱被人強姦輪姦輪姦
中國啊中國你逼我發狂

華盛頓紀念碑，以及林肯紀念堂
以及美麗的女神立在波上在紐約港
三十六柱在仰望中昇起
拱舉一種泱泱的自尊
皆白皆純皆堅硬，每一方肅靜的科羅拉多
一吋也不屬於你，步下自由的臺階
白宮之後曼哈吞之後仍然不快樂
不是不肯快樂而是要快樂也快樂不起來
蒲公英和風信子
五月的風不爲你溫柔
大理石殿堂不爲你堅硬
步下自由的臺階

你是猶太你是吉普賽吉普賽啊吉普賽
沒有水晶球也不能自卜命運
沙漠之後紅海之後沒有主宰的神
四巷坦坦，超級國道把五十州攤開
這是一九六六，另一種大陸
三千哩高速的暈眩，從海岸到海岸
參加柏油路的集體屠殺，無辜或有辜
踹踏雪的禁令冰的陰謀
闖復活節闖國殤日佈下的羅網
方向盤是一種輪盤，旋轉清醒的夢幻，向芝加哥
看摩天樓叢拔起立體的現代壓迫天使
每一扇窗都開向神話或保險公司
乳白色的道奇
風的梳刷下柔馴如一匹雪豹
飛縱時餵他長長的風景
餵俄亥俄和印第安納餵他艾文斯敦

這是中西部的大草原，草香沒脛
南風漾起萋萋，波及好幾州的牧歌
麵包籃裏午睡成千的小鎮
尖着教堂，圓着水塔，紅着的農莊外白着栅欄
牛羊仍然在草葉集裏享受着草葉
嚼苜蓿花和蘋果落英和玉米倉後偶然的雲
打一回盹想一些和越南無關的瑣事
暗暗納悶，胡蜂們一下午在忙些什麼
花粉熱在空中飄盪，比反舌鳥還要流行
半個美國躲在藥瓶裏打噴嚏
在中國（你問我陰曆是幾號
我怎麼知道？）應該是清明過了在等端午
整肅了屈原，噫，三閭大夫，三閭大夫
我們有流放詩人的最早紀錄
（我們的歷史是世界最悠久的！）

早於雨果早於馬耶可夫斯基及其他
蕩蕩的麵包籃，餵飽大半個美國
這裏行吟過惠特曼，桑德堡，馬克吐溫
行吟過我，在不安的年代
在艾略特垂死的荒原，呼吸着旱災
　　　　　　老[illegible]死後
草重新青着青年的青青，從此地青到落磯山下
於是年輕的耳朵酩酊的耳朵都側向西岸
敲打樂巴布·狄倫的旋律中側向金斯堡和費靈格蒂
　　從威奇塔到柏克麗
　降下艾略特
升起惠特曼，九繆思，嫁給舊金山……
這樣一種天氣
就是這樣的一種天氣
吹什麼風升什麼樣子的旗，氣象臺？

升自己的，還是眾人一樣的旗？
阿司匹林之後
仍是咳嗽是咳嗽是解嘲的咳嗽
不討論天氣，背風坐着，各打各的噴嚏
用一條拉鍊把靈魂蓋起
在中國，該是呼吸沉重的清明或者不清明
蝸跡燐燐
菌子們圍着石碑要考證些什麼
考證些什麼
考證些什麼

一些齊人在墓間乞食着剩肴
任雷殛任電鞭也鞭不出孤魂的一聲啼喊
在黃梅雨，在黃梅雨的月份
中國中國你令我傷心

在林肯解放了的雲下

惠特曼慶祝過的草上
坐下，面對鮮美的野餐
中國中國你哽在我喉間，難以下嚥
東方式的悲觀
懷疑自己是否年輕是否曾經年輕過
（從未年輕過便死去是可悲的）
國殤日後仍然不快樂
仍然不快樂啊頗不快樂極其不快樂不快樂
這樣鬱鬱地孵下去
大概什麼翅膀也孵不出來
中國中國你令我早衰

白晝之後仍然是黑夜
一種公式，一種猙獰的幽默
層層的憂愁壓積成黑礦，堅而多角
無光的開採中，沉重地睡下

我遂內燃成一條活火山帶
我是神經導電的大陸
飲盡黃河也不能解渴
捫着脈搏，證實有一顆心還沒有死去
還呼吸，還呼吸雷雨的空氣
我的血管是黃河的支流
中國是我我是中國
每一次國恥留一塊掌印我的顏面無完膚
中國中國你是一場慚愧的病，纏綿三十八年
該爲你羞恥？自豪？我不能決定
我知道你仍是處女雖然你被強姦過千次
中國中國你令我昏迷

何時
才停止無盡的爭吵，我們
關於我的怯懦，你的貞操？

雙人牀

讓戰爭在雙人牀外進行
躺在你長長的斜坡上
聽流彈，像一把呼嘯的螢火
在你的，我的頭頂竄過
竄過我的鬍鬚和你的頭髮
讓政變和革命在四周吶喊
至少愛情在我們的一邊
至少破曉前我們很安全
當一切都不再可靠
靠在你彈性的斜坡上
今夜，即使會山崩或地震
最多跌進你低低的盆地
讓旗和銅號在高原上舉起

至少有六尺的韻律是我們
至少日出前你完全是我的
仍滑膩，仍柔軟，仍可以燙熟
一種純粹而精細的瘋狂
讓夜和死亡在黑的邊境
發動永恆第一千次圍城
惟我們循螺紋急降，天國在下
捲入你四肢美麗的漩渦

鄉愁四韻

給我一瓢長江水啊長江水
　酒一樣的長江水
　醉酒的滋味
　是鄉愁的滋味
給我一瓢長江水啊長江水

給我一張海棠紅啊海棠紅
　血一樣的海棠紅
　沸血的燒痛
　是鄉愁的燒痛
給我一張海棠紅啊海棠紅

給我一片雪花白啊雪花白
　信一樣的雪花白
　家信的等待
　是鄉愁的等待
給我一片雪花白啊雪花白

給我一朵臘梅香啊臘梅香
　母親一樣的臘梅香
　母親的芬芳

是鄉土的芬芳
給我一朶臘梅香啊臘梅香

獨白

月光還是少年的月光
九州一色還是李白的霜
祖國已非少年的祖國
縱我見青山一髮多嫵媚
深圳河那邊的鬱鬱壘壘
還認得三十年前那少年？
料青山見我是青睞是白眼？
回頭不再是少年的烏頭
白是新白青是古來就青青
月落鐵軌靜，邊界只幾顆星
高高低低在標點着渾沌

等星都溺海，天上和地下
鬼窺神覬只最後一盞燈
最後燈熄，只一個不寐的人
一頭獨白對四周的全黑
不共夜色同黯的本色
也不管多久才曙色

廈門街的巷子

又一輪中秋月快圓的季節
秋已到巷口，夏還徘徊
在巷底那一排闊葉樹陰裏
這是全世界最隱祕的地方
從從容容地讓我走過
有廻聲如遠潮的時光隧道
卻驚見少年的自己竟從巷底

迎面走過來，一頭黑髮
滿眼閃着對巷外的憧憬
到巷㢓我們相遇，且對視
感到彼此又熟又陌生
「外面的世界怎麼樣？」他問
表情熱切，有一點可笑
「到時候你就知道，」我笑笑
「有些事不如，有些事
比你想像的還要可怕」

橄欖核一般的初秋天氣
中間鼓，兩頭尖
嚮晴的早晚，在亮金風裏
能嗅到中秋月色和月餅
八千里路長長的月色
半輩子海外空空的風聲

該是月圓人歸的季節了
小雜貨店的瘦婦人迎我
以鄰居親切的舊笑容
「幾時從外國回來的？」
不知道這六年我那棟蜃樓
排窗開向海風和北斗
在一個半島上，在故鄉後門口
該算是故鄉呢，還是外國？
「回來多久了？」菜市場裏
發胖的老闆娘秤着白菜
問提籃的妻，跟班的我

這一切，不就是所謂的家嗎？
當外面的世界全翻了身
當越南亡了，巴拉維死了
唐山毀了，中國瘦了

胖胖的暴君在水晶棺裏
有四個黑囚蹲在新牛棚裏
只留下這九月靜靜的巷子
在熟金的秋陽裏半醒半寐
讓我從從容容地走在巷內
像蟲歸草間，魚潛水底
卽使此刻讓我回江南
秋風拍打的千面紅旗下
究竟有幾個劫後的老人
還靠在運河的小石橋上
等我回家
回陌生的家去吃晚飯呢？

致歐威爾

垂死的肺病患者，三十三年前

自己的喘息都已不繼
就咳盡你一腔的熱血
那微弱的遺囑又怎能
蓋過紅場上齊呼的口號
把戰後最迫切的消息
傳給噩然不解的世界？
正午的太陽下預測月蝕
誰相信你呢先知？曾經
一九八四似乎很遙遠
像邊境暗傳的什麼謠言
忽然，巨影已到了頰邊
一舉步，當眞，就要踏進
你危言告警的那場夢魘？
過慣了彩色片的日子，當眞
要回去黑白的默片
去月蝕星消的長夜裏合演

噪音聒耳的樣版啞劇？
惡夢，難道還沒有做够？
彷彿不久前才從深魘
從扼咽的驚悸裏哮喘着醒來
那大兄的眼神無所不在
曖昧而陰譎，還在每一個暗角
每一面牆壁的每一個相框裏
隱隱地轉動。　多少牛魂與馬鬼
被驅於一本紅書的符咒
用最新規定的正確語腔
來比賽說謊，看誰最逼眞
牙齒剛咬住的眞理，用舌頭否認
什麼才可靠呢，輕一點，愛人
——一九八四！這着魔的數字！
你鐵灰色的預言，在十幾年前
就提早兌現了麼，還是要拖延

到十幾年後？　太平山下
又平安夜了，豬年的尾聲裏
百獸都還算安寧，童話的夜市
照例爲耶誕戴上了燈綵
也照例要報天國的佳音嗎？
維多利亞的港上看對海
蜃樓迷窗正豔的年景
美麗的新世界，諸般色相和倒影
當眞會像彩色的電視
只要一隻鹵莽的手指
輕輕一按
就關斷繁榮的十里紅塵？

洛夫

一九二八——

冬天

園子裏的桂圓樹，開花，擾亂情緒的
我把它砍下，然後劈成小塊投進了爐子，
這是去年冬天，以及半個春天裏的大事件。

隔壁的掃葉老人背着我，說一些聽不懂的壞話，
鳥雀們譜成曲子罵我，啄我那正成長的玫瑰，
而太陽埋怨是有理由的，沒有樹，落日將失去遮蓋的美，
沒有果子，便顯不出它存在的完整。

（這些，我都記在日記本的十三號裏）

今年冬天來得早，冷風扯我的髮，咬我的腳，
深夜惦念起那些從南方來的旅人，以及野店，
於是，我把日記本塞進了爐子，
讓烤火的人去恨自己。

有人從霧裏來

有人從霧裏來，穿過那無人的院落
霧也跟着進來，長廊盡頭的窗口點着燈。

摘下風帽，合着影子而臥，
他縮着躺在牀上像一支剛熄的煙斗，
帽子就是餘燼……

石室的死亡

一

祇偶然昂首向鄰居的甬道，我便怔住
在清晨，那人以裸體去背叛死
任一條黑色支流咆哮橫過他的脈管
我便怔住，我以目光掃過那座石壁
上面即鑿成兩道血槽

我的面容展開如一株樹，樹在火中成長
一切靜止，唯眸子在眼瞼後面移動
移向許多人都怕談及的方向
而我確是那株被鋸斷的苦梨
在年輪上，你仍可聽清楚風聲，蟬聲

一一

棺材以虎虎的步子踢翻了滿街燈火
這眞是一種奇怪的威風
猶如被女子們摺疊很好的綢質枕頭
我去遠方，爲自己找尋葬地
埋下一件疑案

剛認識骨灰的價值，它便飛起
松鼠般地，往來於肌膚與靈魂之間
確知有一個死者在我內心
但我不懂得你的神，亦如我不懂得
荷花的升起是一種慾望，或某種禪

一六

由某些欠缺構成

我不再是最初，而是碎裂的海
是一粒死在寬容中的果仁
是一個，常試圖從盲童的眼眶中
掙扎而出的太陽

我想我應是一座森林，病了的纖維在其間
一棵孤松在其間，它的臂腕上
寄生着整個宇宙的茫然
而鎖在我體內的那個主題
閃爍其間，猶之河馬皮膚的光輝

霧之外

一隻鷺鷥
在水田中讀着「地糧」
且繞着某一定點，旋走如霧

偶然垂首
便啣住水面的一片雲

沉思。不外乎想那些
太陽是不是虛無主義者之類的問題
左腳剛一提起，整個身子
就不知該擺在霧裏
或霧外

一展翅，宇宙隨之浮升
清晨是一支閃熠的歌
在霧中自燃
如果地平線拋起將你繫住
　　繫住羽翼呵繫不住飛翔

西貢之歌

一　夜　市

一個黑人
兩個安南妹
三個高麗棒子
四個從百里居打完仗回來逛窰子的士兵

嚼口香糖的漢子
把手風琴拉成
一條那麼長的無人巷子
烤牛肉的味道從元子坊飄到陳國纂街穿過鐵絲網一直香到化導院

和尚在開會

二　政變之後

機動車是那個塔克薩斯佬的
灰塵是我的
木棒是那羣呼嘯而來的孩子的
血是我的
太陽是那堆挨坐街沿絕食僧尼的
饑餓是我的
西貢河的流水是天空的
那抓不到咬不着非痛非癢非福非禍非佛非禪的茫然
是我的

三　沙包刑場

一顆顆頭顱從沙包上走了下來
俯耳地面
隱聞地球另一面有人在唱

自悼之輓歌

浮貼在木樁上的那張告示隨風而去
一副好看的臉
自鏡中消失

隨雨聲入山而不見雨

撐着一把油紙傘
唱着「三月李子酸」
眾山之中
我是唯一的一雙芒鞋

啄木鳥　空空
回聲　洞洞
一棵樹在啄痛中迴旋而上

入山
不見雨
傘繞着一塊青石飛
那裏坐着一個抱頭的男子
看煙蒂成灰

下山
仍不見雨
三粒苦松子
沿着路標一直滾到我的腳前
伸手抓起
竟是一把鳥聲

心事

我的那件舊襯衣
未經審判
就那麼吊在牆壁的
釘子上

我的頭髮是染過的
我的假牙是編過號的
我的傷口
除了流血之外甚麼也沒說

我曾熟讀五經六藝
行事規矩不留長髮
按期繳納房租，報費，分期付款等等
幹嗎仍把我的
那件舊襯衣
吊死在

文化大革命的人
過去的傳統
反對現代主義的文人

牆上

大地之血

昨夜風起
我們大家都說
枯葉愛火

解凍的河川
閃着輭腰
帶走一大羣魚嬰

所有會唱歌的果子
抱着一棵樹
邊跳邊燃燒起來

一山動　衆山狂嘯

種子，母親的手，水一般執住大地。推開重重巨石的門，子宮內一條
　龍在湧動
我們勢將守住此一時刻，芬芳的成長與死亡
我們勢將埋下核，任其成爲大地之血
我們的意義在傷痕的那邊，我們終將抵達的那邊
我們走進脈管如一支隊伍
我們佔領生之廣場
我們安排一株桃樹
在風中
受孕

無　非

無非是煙
無非是一杯濃茶
無非是午睡後的怔忡
無非維他命與感冒藥
無非鏡子
無非走廊上一把令人心悸的黑傘
無非午夜一盞燈
在唱宇宙之歌
無非早點，燒餅夾超現實主義
無非日出如女臉
無非一盆落月
從窗口傾瀉而下
無非六祖壇經，金瓶梅與臥龍生
無非下午，捧着退伍令發楞的下午
無非鴉片戰爭蘆溝橋
無非逃難，挨餓，躲警報

無非地瓜圓圓像拳頭
無非空心菜長長像皮鞭
無非長江，一玻璃棺材的長江
無非棄我去者煙灰
無非牆腳一窩吐信的小蛇
無非耳邊二三鴉雀聒噪
無非吃三明治戴假髮的普羅主義者
無非眾目中飛出一把毒刀
無非貝多芬在咖啡館憤然舉臂，吐心靈的白沫
無非普普，歐普，樂普，牀鋪
無非膩膩的
無非鹹鹹的
無非是雲
無非是雨
無非肉語喋喋
無非枕邊水聲盈耳

無非一座冰山沿着脊柱骨猝然下崩
無非火葬，通過一座煙囪而不朽
無非一尾在油鍋裏哭出了眼珠的魚
無非一隻從掌中驚飛的鳥
無非是晚報，晚報是廣告，廣告是春藥
無非電視新聞
無非選舉，少棒，水門事件
無非炮彈從越南一路嘀咕到中東
無非季辛吉這小子又摸上了萬里長城
無非是下放，是勞改，剝光泥土的皮膚
無非是望遠鏡，由望遠鏡逼近的悲涼
無非是假寐
無非是咳嗽
無非大江英豪。泡沫。泡沫。泡沫
無非兩岸無人

鬼節三題

羣鬼

男鬼一

一向蹲在山上
哨石頭
瘦成
一陣風
乃意料中事

値茲百物暴漲
餓，亦不失爲一種美德
桌上擺着八十元一斤的豬肉

也只能看看

　男鬼二

街燈下
一羣發青的臉
欲笑未笑

搶來的紙錢
是要數一數的
未超渡之前
自己的毛髮與骨骼
也得數一數

　女鬼一

啾啾
從披髮間望出去

月正升起
遠處
一個掌燈的人
在喊着：妹子
她悽惶地仰起臉
啾啾

女鬼二

她
被一根繩子提升爲
一篇極其哀麗的
聊齋
循着簫聲搜尋
每一個窗口都可能坐着

她那位進京赴試的
薄倖書生

風來無聲
她閃身躍入
剛闔攏的那本線裝書

野祭

終於
在墓草中掘起
一雙泛白
而且腐爛的鞋子

當發現你的腳
懸在半空
我觸到的

竟是你冰涼的手
當一塊長髮披肩的
碑
從背後躡足而來
我急急遞過去一杯酒
隨即
大聲咳嗽

水燈

清明才遇見你
而今七月又半，秋亦半
露，說白就白了
寺鐘還沒有說清楚它的含義
便把激動傳給了回聲
你來了，又將歸去

說去就去
自從那年
由水中把你抱起
如抱起房門後驟然跌落的
那件衫子
我便開始紮一盞水燈
開始把信寫在火上
說寫就寫

而今七月又半
哀慟亦半

蛇店

隔着鐵絲籠
冷眼

瞅着那把雪亮的刀
蠕動着
千年前就已潛伏的絕望
有毒一刀
無毒也一刀
梟首而後剝皮
嘶的一聲
好一身又白又嫩的赤裸
而後腰斬
而後熬成一鍋比淚還濃的湯
至於肝膽
聽說吃了可以使眼睛發亮
比刀子更亮

午夜削梨

冷而且渴
我靜靜地望着
午夜的茶几上
一隻韓國梨

那確是一隻
觸手冰涼的
閃着黃銅膚色的
梨
一刀剖開
它胸中
竟然藏有
一口好深好深的井
戰慄着
姆指與食指輕輕捻起
一小片梨肉

白色無罪

刀子跌落
我彎下身子去找
啊！滿地都是
我那黃銅色的皮膚

吃蟹

桌上堆滿
肢解過的蟹壳
這是菊花與酒的下午
薑絲的辛辣
和一小碟鎮江醋的下午
不由人黯然想起

放肆地
吐白沫的嘴
以及
一度從我多骨的腳趾上
橫行而過的褐爪

持螯而啖的我
未必就是愛秋成癖的我
夏日已死
城市中哀傷之事所剩不多
據案吃蟹乃其中之一
引杯就唇
然後敲殼而歌，而揚眉
而有快意恩仇的亢奮
縱然聽到一陣沙沙之聲
從背後追來

此刻，不由人又乍然想起
我那首被橫排的詩
你們說一切都是出於善意
只是語言已經僵死
而且在蟹肉的腥氣中
變了味

井邊物語

被一根長繩輕輕吊起的寒意
深不盈尺
而胯下咚咚之聲
似乎響自隔世的心跳
那位飲馬的漢子剛剛過去
繩子突然斷了

水桶砸了，月光碎了
井的曖昧身世
繡花鞋說了一半
青苔說了另一半

某詩人

留點鬍子
只爲營造一種孤絕的風格
煙斗不妨舊些
好使靈感帶點樟腦味
稿紙上仍留着昨日的蒼白
繞室千匝，最後
他對錯愕的鏡子說
詩人上街買番石榴去者

蓉子 一九二八——

長夏

夏在長廊的起點緩步
始眩其珊瑚與瑪瑙的艷光
陽光的紅裙以三六〇度的圓幅展開
焚一天的風景成焦

(哦、你急馳的林鹿爲何緩慢了步履？
爲誰傷害了——
任紅羽黑喙的火鳥到處飛撞！
沉默便如此罩滿了七月的海洋)

但願有誰放下雨的銀鉤
用重重疊疊的紗帷遮沒敞窗
蘊一室幽涼
我就在其中深藏

我眞怕和夏撞個正着
他的怒眼使我驚惶
他的怒顏使我疲乏
慵困遂成串了！

哦！懶寄書一行
懶於訴說七月情懷
看陽光在無定的風裏曳行——
長夏如死。

我們的城不再飛花

我們的城不再飛花　在三月
到處蹲踞着那龐然建築物的獸——
沙漠中的司芬克斯　以嘲諷的眼神窺你
而市虎成羣地呼嘯
自晨迄暮

自晨迄暮
煤煙的雨　市聲的雷
齒輪與齒輪的齟齬
機器與機器的傾軋
時間片片裂碎　生命刻刻消褪……

入夜，我們的城像一枚有毒的大蜘蛛

張開它閃漾的誘惑的網子
網行人的腳步
網心的寂寞
夜的空無

我常在無夢的夜原上寂坐
看夜底的都市　像
一枚碩大無朋的水鑽扣花
正陳列在委托行的玻璃櫥窗裏
高價待沽。

羅門 一九二八——

美的V型

鑽在巴士上的小學生們只管說笑
聲音如一羣鳥
繞着在旁沉默如樹的成年人亂飛
一個童話世界與一個患嚴重心病的年代
不相干地坐在巴士上

突其來的急煞車
馬路的長腿 似抽筋尖叫了一聲
行人的視線集攏成美的V型

像一束花擲在那裏
反正又有人從邊境回來或不回來了

一個異邦女郎

一個異邦女郎
帶着古希臘的鼻子跨上巴士
視線們便用鐵欄干
　　將她如一幢美麗的別墅圍起來

映在海藍色窗裏的　一定是南美了
被一羣浮在黃河上的蒙古眼死死盯住
盯得周圍沉寂的空氣幾乎吹出哨子來
當海藍色的流動窗　無意中轉向右
右邊那位本地男子
　　驚喜如觀光旅社的老闆

窺見一隻客船直向港灣開來
　便升滿紅領帶的旗

倒是怪車長到站時用煞車過多
才把那羣眼球似一堆彈子撞得滿車亂滾

麥堅利堡

超過偉大的
是人類對偉大已感到茫然

戰爭坐在此哭誰
它的笑聲　曾使七萬個靈魂陷落在比睡眠還深的地帶
太陽已冷　星月已冷　太平洋的浪被炮火煮開也都冷了
史密斯　威廉斯　煙花節光榮伸不出手來接你們回家

你們的名字運回故鄉　比入冬的海水還冷
在死亡的喧噪裏　你們的無救　上帝的手呢
血已把偉大的紀念沖洗了出來
戰爭都哭了　偉大它爲什麼不笑
七萬朵十字花　圍成園　排成林　繞成百合的村
在風中不動　在雨裏也不動
沉默給馬尼拉海灣看　蒼白給遊客們的照相機看
史密斯　威廉斯　在死亡紊亂的鏡面上　我只想知道
　　那裏是你們童幼時眼睛常去玩的地方
　　　那地方藏有春日的錄音帶與彩色的幻燈片

麥堅利堡　鳥都不叫了　樹葉也怕動
凡是聲音都會使這裏的靜默受擊出血
空間與空間絕緣　時間逃離鐘錶
這裏比灰暗的天地線還少說話　永恆無聲
美麗的無音房　死者的花園　活人的風景區

神來過　敬仰來過　汽車與都市也都來過
而史密斯　威廉斯　你們是不來也不去了
靜止如取下擺心的錶面　看不清歲月的臉
在日光的夜裏　星滅的晚上
你們的盲睛不分季節地睡着
睡醒了一個死不透的世界
睡熟了麥堅利堡綠得格外憂鬱的草場

死神將聖品擠滿在嘶喊的大理石上
給昇滿的星條旗看　給不朽看　給雲看
麥堅利堡是浪花已塑成碑林的陸上太平洋
一幅悲天泣地的大浮雕　掛入死亡最黑的背景
七萬個故事焚毀於白色不安的顫慄
史密斯　威廉斯　當落日燒紅滿野芒果林於昏暮
神都將急急離去　星也落盡
你們是那裏也不去了

太平洋陰森的海底是沒有門的

註：麥堅利堡（Fort Mckinly）在馬尼拉城郊。

流浪人

被海的遼闊整得好累的一條船在港裏
他用燈栓自己的影子在咖啡桌的旁邊
那是他隨身帶的一條動物
除了它　娜娜近得比甚麼都遠

把酒喝成故鄉的月色
空酒瓶望成一座荒島
他帶着隨身帶的那條動物
朝自己的鞋聲走去
一顆星也在很遠很遠裏

帶着天空在走

明天　當第一扇百葉窗
　將太陽拉成一把梯子
他不知往上走　還是往下走

傘

他靠着公寓的窗口
看雨中的傘
　走成一個個
孤獨的世界
想起一大羣人
每天從人潮滾滾的
　公車與地下道
裹住自己躲回家

把門關上

忽然間
公寓裏所有的住屋
全都往雨裏跑
直喊自己
也是傘

他愕然站住
把自己緊緊握成傘把
而只有天空是傘
雨在傘裏落
傘外無雨

都市・方形的存在

天空溺死在方形的市井裏
山水枯死在方形的鋁窗外
眼睛該怎麼辦呢

眼睛從車裏
方形的窗
看出去
立即被高樓一排排
方形的窗
看回來

眼睛從屋裏
方形的窗
看出去
立即又被公寓一排排
方形的窗

看回來

眼睛看不出去
窗又一個個瞎在
方形的牆上
便只好在餐桌上
在麻將桌上
找方形的窗
找來找去　最後
全都從電視機
方形的窗裏
逃走

向明

一九二九——

你之羅馬

那人噙着光
那人嚼着夜幕上星的字
而那人
迷失

一九五九年的文明闢不了
通往你之羅馬的路

這不是掃落葉以開道的秋

這不是踏雪尋梅的冬

這是蓊鬱的春
你之羅馬
埋于莠草
埋于碑林
埋于一串串深長的影

野地上

三月的晚上，雨淋着
墓碑們哭泣着
啊！爲什麼不像一株樹
老待在這裏久不生根

三月的晚上，雷轟着

幽靈們埋怨着
啊！今年的節日這樣遲
我們需要一把淚，一點酒，一些紙錠

三月的晚上，風吹着
枯樹們的夢飄蕩着
啊！春天這騷婦那裏去了呢
我要我天眞的綠，羞澀的紅

楊喚

一九三〇——一九五四

花與果實

花是無聲的音樂，
果實是最動人的書籍，
當它們在春天演奏，秋天出版，
我的日子被時計的齒輪
給無情地嚙咬，絞傷；
庭中便飛散着我的心的碎片，
階下就響起我的一片嘆息。

垂滅的星

輕輕地，我想輕輕地
用一把銀色的裁紙刀
割斷那像藍色的河流的靜脈，
讓那憂鬱和哀愁
憤怒地氾濫起來。

對着一顆垂滅的星，
我忘記了爬在臉上的淚。

黃　昏
——詩的噴泉之一

壁上的米勒的晚鐘被我的沉默敲響了，

騎驢到耶路撒冷去的聖者還沒有回來。
不要理會那盞燈的狡猾的眼色，
請告訴我：是誰燃起第一根火柴？

雲

——詩的噴泉之四

不要再在我的藍天的屋頂上散步！
我的鴿子曾通知過你：我不是畫廊派的信徒。

夏季

——詩的噴泉之五

看我怎樣用削鉛筆的小刀虐待這位鏟形皇后，
你就會懂得：這季節應該讓果子快快成熟。

白熱。白熱。先驅者的召喚的聲音。
下降。下降。捧血者的愛情的重量。

當鳳凰正飛進那熊熊的烈火，
爲什麼，我還要睡在十字架的綠蔭裏乘涼？

日記

——詩的噴泉之七

昨天，曇。關起靈魂的窄門，
夜宴席勒的強盜，尼采的超人。

今天，晴。擦亮照相機的眼睛，
拍攝梵・谷訶的向日葵，羅丹的春。

告白

——詩的噴泉之九

梵諦崗的地窖裏囚不死我的信仰，
贗幣製造者才永遠怕晒太陽。

審判日浪子將匍匐着回家，
如果麥子不死，我們到哪裏去收穫地糧？

美麗島

有藍色的吐着白色的唾沫的海
小心地忠實地守衞着，
寒冷的冰雪永遠也不敢到這裏來。

有綠色的伸着大手掌的椰子樹
緊緊地拉住親愛的春天，
美麗的花朵永遠成羣結隊地開。

在這裏
小朋友們都像健康的牛一樣地健康，
在這裏
小朋友都像快樂的雲雀一樣地快樂。

你來看！
小妹妹是夢見香蕉和鳳梨在街上跳舞了吧？
要不怎麼睡在媽媽的懷裏
還是不停地微笑？

你知道這裏是什麼地方嗎？

告訴你，她的名字叫臺灣，
是甜蜜的糖的王國，
是童話一樣美麗的，美麗的寶島。

管管

一九三〇——

春天坐着小河從山裏來

夜
拉起大衣領子
閉上眼睛
坐下來
聽着
春
坐着小河從山裏頭一路上吉里瓜拉的淌下來

經過。
那遍。
杏花林子！

經過。
那遍。
梨花林子！

再——
經過。
那座青石橋……
才流到——
吾，管管的耳朵裏來
還
流進
幾隻

斑鳩的叫聲

（咕咕！咕咕！
　咕咕！咕咕！）

每年個春天𠻺
春天個夜晚個𠻺
吾都與夜個𠻺
坐在。吾家。門前。小河邊個呀胡嗨
聽！
聽！
一直在聽
聽到
夜
摟着吾睡去個呀胡依呀嗨!!

註：這首詩唸到最後一段，應該高興的唱起來，如是我說。

蟬聲這道菜

大清早，妻就拿着菜籃子去撿拾蟬聲，一會工夫
就撿拾了滿滿一籃子蟬聲回來
孩子們卻以爲家裏有了樹林
他們正在樹底下睡覺呢

妻卻把蟬聲放進洗菜盆裏洗洗
用塑膠袋裝起來放進冰窖了
妻說等山上下雪時
再拿出來炒着吃
如果能剩下
再分一點給愛斯基摩人
聽說
他們壓根兒

也沒吃過蟬聲這種東西

洪範文學叢書195

現代中國詩選一

編　者：楊牧　鄭樹森
發行人：孫玫兒
出版者：洪範書店有限公司
臺北市厦門街一一三巷一七－一號二樓
電話：（〇二）二三六五七五七七
傳眞：（〇二）二三六八三〇〇一
郵撥：〇一〇七四〇二一－〇
行政院新聞局局版臺業字第一四二五號
法律顧問：陳長文　蕭雄淋
初　版：一九八九年二月
七　印：二〇〇三年四月
定價三〇〇元
（缺頁破損裝訂錯誤請寄回調換）

ISBN 957-674-000-2（平裝全套）
ISBN 957-674-001-0（平裝第一册）

國立中央圖書館出版品預行編目資料

現代中國詩選／楊牧，鄭樹森編. --初版. --
臺北市：洪範，民78
冊；　公分. --（洪範文學叢書；195）
ISBN 957-674-000-2（一套：平裝）

831.8　　81004844

9502065
林佩儒
10/2